国际大奖作家(

战时冬天

[荷]扬·泰尔劳 著
蒋佳惠 译

中国少年儿童新闻出版总社
中国少年儿童出版社
北 京

著作权合同登记　图字：01-2023-4868 号

Copyright © 1973 by Lemniscaat, Rotterdam, The Netherlands
First published in The Netherlands under the title *Oorlogswinter*
Text copyright © 1973 by Jan Terlouw
All rights reserved.
No part of this book may be reproduced, transmitted, broadcast or stored in an information retrieval system in any form or by any means, graphic, electronic or mechanical, including photocopying, taping and recording, without prior written permission from the publisher.

图书在版编目（CIP）数据

战时冬天 /（荷）扬·泰尔劳著；林乐婧绘；蒋佳惠译 . — 北京：中国少年儿童出版社，2023.12
（国际大奖作家作品精选 . 第一辑）
ISBN 978-7-5148-8380-0

Ⅰ . ①战… Ⅱ . ①扬… ②林… ③蒋… Ⅲ . ①儿童小说 – 长篇小说 – 荷兰 – 现代 Ⅳ . ① I563.84

中国国家版本馆 CIP 数据核字（2023）第 254427 号

ZHANSHI DONGTIAN
（国际大奖作家作品精选·第一辑）

出版发行：中国少年儿童新闻出版总社
　　　　　中国少年儿童出版社

执行出版人：马兴民

丛书策划：缪　惟	丛书统筹：邹维娜
责任编辑：李　檀	版权引进：仲剑弢
责任校对：田荷彩	封面绘者：鹿寻光
责任印务：厉　静	装帧设计：禾　沐

社　　址：北京市朝阳区建国门外大街丙 12 号　　邮政编码：100022
总 编 室：010-57526070　　　　　　　　　　　发 行 部：010-57526568
官方网址：www.ccppg.cn

印刷：北京盛通印刷股份有限公司

开本：850mm×1168mm　1/32	印张：8.5
版次：2024 年 1 月第 1 版	印次：2024 年 1 月第 1 次印刷
字数：127 千字	印数：1-8000 册
ISBN 978-7-5148-8380-0	定价：38.00 元

图书出版质量投诉电话：010-57526069　　电子邮箱：cbzlts@ccppg.com.cn

目 录

第一章　　　　　　　1

第二章　　　　　　　12

第三章　　　　　　　33

第四章　　　　　　　41

第五章　　　　　　　58

第六章　　　　　　　79

第七章　　　　　　　99

第八章　　　　　　　121

第九章　　　　　　　139

第十章　　　　　　　151

第十一章　　　　　　166

第十二章	*187*
第十三章	*205*
第十四章	*220*
第十五章	*243*
第十六章	*255*
第十七章	*265*

第一章

黑暗，无穷无尽的黑暗。

米歇尔伸出一只手，挪着小碎步，在坚硬的路面上摸索着前行。紧挨着这条自行车道的便是马车道了。他的另一只手里提着一个棉布袋。袋子里装着两瓶牛奶。"本来就是新月，还赶上阴云密布。"他小声地嘀咕，"这里应该就是范·奥门家的农场了。"他朝着右手边张望。可是，无论怎么卖力，他还是什么都看不见。他在心里想：下回要是不给我动力灯，我说什么也不来了。让埃里卡自己来试试能不能在七点半之前到家。这简直不是人干的事！

接下来发生的事情印证了他的想法。为了禁止农用车驶入自行车道，每隔一段路就竖起一根柱子。尽管他的前进速度连每小时半公里都达不到，可他手中的棉布袋还是撞到了柱子上。糟糕！他小心翼翼地伸手去摸。

布袋湿了！碎了一瓶。真是太可惜了。牛奶多么来之不易啊！他气不打一处来。尽管如此，他也只能愈发小心地向前走。乖乖，这么黑，简直什么都看不见。离家只剩下五百米的距离，按理说，他认得这条路上的每一粒石子。但是，想要在八点之前回到家还真是希望渺茫。

等一下，他看见了一丝极其微弱的光。没错，那里是勃哈尔特的家。他们家往往遮挡得没那么严实。只可惜，除了一根蜡烛的亮光之外，也没什么好遮挡的了。算了，反正他也知道，从这里到大马路为止，再也没有柱子了。只要到了大马路上，就没事儿了。那里有不少房子，多多少少都能透出些光亮来。啧啧，牛奶滴进了他的木鞋里。前面是不是有个人？不太可能吧，已经八点整了。一到八点，任何人都不允许在外面逗留。他觉察到脚下的路面有所不同。错不了，是大马路。该右拐了，他得小心一点儿，别掉进水沟里。正如他所预想的那样，路好走多了。他隐隐约约地看见一些房屋的轮廓。"骑兵""杜芬小姐""夏日"，还有铁匠铺、绿十字会的楼，终于快到家了。

突然，一束手电筒的强光拦住了他的去路，直射他的双眼。他吓得两腿发软。

"八点已斤（经）过了。"他的耳边传来蹩脚的荷兰语，"我要把你攥（抓）起来。你叟（手）里拿的瑟（什）么？叟（手）榴弹吗？"

"快把该死的手电筒关了，迪尔克。"米歇尔说，"你干吗这样吓唬我？"

尽管被吓得不轻，可他还是听出来了，那是邻居家男孩的声音。二十一岁的迪尔克·克诺伯，天不怕地不怕，总是以自己独有的方式瞎胡闹。

"吓吓更健康嘛。"对方说，"再说了，现在也的确过了八点。要是遇上德国人，他们肯定会一枪毙了你，绝不能让你成为大德意志帝国的威胁。嗨！希特勒！"

"嘘！别在外头乱喊这个名字。"

"嘿，这有什么的？"迪尔克满不在乎地说，"侵略我们的人可喜欢听这个名字了。"

他们一同往前走。迪尔克伸手遮住手电筒前端，只留下一束微弱的光。可是，在米歇尔看来，这简直就是一片白昼。他终于能看见路的边界了，真是前所未有的奢侈。

"你到底是从哪儿弄来这个手电筒的？更重要的是——你哪儿来的电池？"

"从德国佬儿手里顺来的。"

"骗谁呢。"米歇尔不相信。

"是真的。你不是知道嘛，我们家住进了两个军官。这个礼拜，其中一个人，你知道的，就是那个胖子，他的房间里放着一个纸箱，里头装着十来个这模样的手电筒。呸，什么他的房间，明明就是我们家的房间。然后我就顺了一个出来。"

"你进他房间了？"

"是啊。每天等他们一出门，我就会去摸摸门路。反正也不费事儿。我唯一需要当心的是我的爸爸。他胆子小得像老鼠。要是让他知道我拿了这个手电筒，他肯定会一整晚合不上眼的。嘿，早在里努斯·德·拉特的事之前他不就已经这样了嘛？！拜拜了，你能看见路了吧？"

"能，应该没问题。再会！"

米歇尔穿过前院，继续向前走。他脚上的木鞋踩在碎石子上，发出咔啦咔啦的响声。他很庆幸没让迪尔克发现碎了的瓶子。要不然，他一定会被说一顿的。

屋子里的电石灯烧得正旺。每当夜幕降临，父亲刚刚添过燃料，它总会这样熊熊燃烧上一阵。想要给它添燃料可不是那么容易的，要知道，电石臭得要命。不过，只要铁罐子一合上，尖利的喷嘴被火焰点燃，臭味就消失了。它的光亮并不比小电灯差多少。只可惜，过不了几小时，它的光亮就会暗淡下来。九点半一过，就只剩下一小束蓝色的火苗了。那时的光亮连家具都映射不到。

每到夜晚，米歇尔最喜欢做的事情就是看书。明明白天阳光普照，可是他却没有时间。到了夜里，他倒是有时间了，可是光却没了。他在父亲的书架上发现了十八本儒勒·凡尔纳的书。书的纸张已经泛黄，必须仔细辨认，才能看得清。夜幕刚刚降临的时候，就着几米开外的灯光倒还好说。可是，随着时针的转动，他不得不把书举到蓝色火苗跟前，才能勉强看清上面的字。这样的举动会干扰到别人。家里来客人的时候，就更不能这么做了。而他们家的客人又总是络绎不绝。

此时此刻，屋子里又济济一堂。除了父亲、母亲、埃里卡和约赫姆之外，少说还有十个人。米歇尔一眼望去，一个都没认出来，唯独看见了叔叔——本。母亲领着他在人群中转了一圈。这些人里有范·德·海登夫妇。他们说在米歇尔很小的时候曾经抱过他。这对夫妇来自弗拉尔丁恩。这倒是对上了。他就出生在弗拉尔丁恩。人群里面还有一位满脸皱纹的老太太。她说自己是他的赫尔汀姑姑，还非要亲他一口。米歇尔压根就没听说过什么赫尔汀姑姑。母亲解释说，她是父亲的一位远房亲戚，父亲也已经有二十年没见过这家伙了。当然了，她没有把"这家伙"这个词说出口。另外还有两位不知来历的女士嘴里嚷嚷着他都长这么大了，一位自信满满的先生不顾年龄地要跟他称兄道弟，都是些诸如此类的人。看起来，除了那位称兄道弟的先生之外，其他人都清楚地知道他是谁。

"他们还真是做足了功课来的。"米歇尔咕哝道。这些人全都来自西部地区。饥荒迫使他们迁往东部和北部地区。此刻正是1944年年末、1945年年初的冬天。战争还没有结束。大城市里几乎已经断粮了。交通也瘫痪了，他们只能靠步行。有时是几十公里，有时却是几百公里。他们拉着手推车、婴儿车、没有车胎的自行车，以及各种各样不可思议的工具，踏上了征程。每到晚上八点钟，外面就宵禁了。所以，认识一些沿途居住的人实在太重要了。米歇尔的父母从没意识到自己原来认识这么多人，确切地说，是这么多人都认识自己。

一晚又一晚，每到七点前后，门铃就会响个不停。门口站着的或许是个陌生人。可门一开，她就热情洋溢地喊道："你好啊，你们都还好吗？你不认识我了？我是米普啊，来自海牙的米普。我都想死你们了。"要不是看她太可怜，简直都可以笑掉大牙了。原来，米普和父亲母亲有过一面之缘，他们只知道她叫范·德吕腾女士。可是，眼前的这位米普却是一副面黄肌瘦的模样，她穿着磨得不像样的帆布鞋，大老远地从海牙赶来，只为了去上艾瑟尔省给女儿家的孩子们弄几斤土豆。眼看着早已精疲力竭的她，任何人都会说出："当然认识啦，是米普阿姨呀，快进来，你还好吗？"随后，给她递上一碗豌豆浓汤，在电石灯旁腾出一个位置，再给她备上一张床，即便没有床，也得在地上摆一张床垫，好让她过夜。

等米歇尔向这些人一一问好，然后，母亲朝他挤挤眼睛，示意他去厨房。对于接下来的活动，动力灯是必不可少的。动力灯类似于自行车上的照明灯，只要压动手把就能手动发电。它的光束能照亮黑暗，只是大拇指会止不住地发麻。"对不起，妈妈，我打碎了一瓶。"

"哎呀呀，孩子啊，你怎么这么不小心啊。"

米歇尔放下手里的动力灯，掀起遮光窗帘。

窗外依然是伸手不见五指。

"今天没有月亮，而且路上我也没有动力灯。"他满怀歉意地说。

他放下窗帘，老老实实地用大拇指来回压动。他们终于又看得见了。母亲真后悔自己说出了那样的话。她轻轻地抚摩他的头发，心里在想：他做的可是成年人的事啊。一个人单枪匹马地穿越黑暗，去取牛奶。这可是连我都不敢做的。好吧，反正我是做不到。可我居然还责怪他！

"我很抱歉，米歇尔。"她说，"我说错话了。你也不是故意的。我一心只想着屋里那些人，想着他们得喝咖啡。"

说是咖啡，实在有点儿言过其实。他们喝的只是一种棕色的替代品，离开热牛奶就什么都不是了。

"我总不能再跑一趟吧。"米歇尔说，"已经八点多了。您能帮我照一下吗？我把袋子里的玻璃碴儿捞出来。"

"算了，明天再说吧。你能把另外那瓶拿出来吗？谢谢。不过，它到底是怎么碎的呢？"

"撞到柱子上了。就在范·奥门家附近。要倒到小奶锅里吗？"

"是的。我来吧。"

米歇尔重新接过动力灯。不一会儿，他们回到客厅，把牛奶放到炉子上加热。

炉子烧的是木柴。煤早就用完了。

喝完咖啡，客人们滔滔不绝地讲述起大城市里的生活。被提及最多的话题就是饥荒、严寒、害怕被抓。无论什么都很匮乏，无论什么都无从确定。所有人不是有亲戚藏身某处，就是有朋友被送往集中营，又或是见过被炸弹炸毁的房屋。之后谈起了各种各样的传闻：他们说到了战事；说到了美国的巴顿将军，说到他在西部前线的捷报；还说到了德军在苏联阵线上遭受的失败……据说就是这样的。

接下来就是关于战争的笑料了。人们信誓旦旦地说，亲德的荷兰国家社会主义运动领袖安东·穆塞特娶了自己的姨妈。范·德·海登先生声称，某部公开上映的电影里出现了穆塞特。影厅前排有人大喊一声："安东！"紧接着，影厅后排传来一个尖厉的嗓音："在这儿呢，姨妈。"听到这样的故事，在场的所有人都乐在其中。这时，本叔叔说道："你们听说过戈林、戈培尔和希特勒的赌约吗？他们仨打赌，看谁能跟臭鼬一起待得最久。戈林先试。一刻钟后，他一边吐，一边冲了出来。然后是戈培尔。他忍了半小时。最后轮到希特勒走进房间。五分钟后，臭鼬逃了出来！"大家整日里处在高压和不幸之中。这么一个简简单单的笑话就令原本紧张不安的人们笑出了声。

电石灯里的燃料眼看着就要消耗殆尽。靠着蜡烛头的亮光，所有人跟跟跄跄地走到自己的床前或是地上的床垫旁。米歇尔检查了一下还有没有引火柴，明天可以用来点燃火炉。蜡烛一根都没有了，动力灯在妈妈手里。他摸黑爬回阁楼上的房间，脱掉衣服，钻进被窝里。远处传来飞机的轰鸣声。

"里努斯·德·拉特，"米歇尔嘀咕道，"我希望他躲得远远的。"

随后，他便进入了梦乡。对于这个被德国占领的第一千六百一十一个夜晚还发生了些什么，他一无所知。

第二章

　　1940年5月10日,德国军队奉元首阿道夫·希特勒的命令,入侵荷兰和比利时。那一年,米歇尔·范·巴什克姆刚满十一岁。他还清楚地记得无线电传来关于伞兵部队的讯息,简直惊心动魄。伞兵部队被空投在伊彭堡上空,又一次被空投在伊彭堡上空,接着是瓦尔港上空,又一次在瓦尔港上空。一整天的时间里,不断有荷兰士兵骑着马,从镇子里穿过。他们跟姑娘们开着玩笑,身上毫无英雄气概可言。那一刻,米歇尔暗自在心里想,战争是一桩辉煌而又刺激的事情,他只希望这场仗打得长久些。

　　唉,他想得太简单了。才过了五天,他的想法就动摇了。荷兰的军队放弃了这场不平等的战役。当无线电里传来这则消息时,父亲顿时一脸惨白,母亲则哭了起来。随后,人们开始担心起镇子里那些入了伍的男孩们。他们总共有十四个。消息很快传来：他们之中，八个人毫发无伤。过了没几天，又传来关于另外三人的相同的消息。只不过，人们久久没有得到最后三人的消息。这三个人分别是面包师的儿子格里特、农家子弟亨德里克·鲍瑟尔和园丁家的儿子。这个园丁的儿子长着一头浓密的白发，因此人们管他叫"洁白的马斯河"。时至今日，米歇尔依然清楚地记得自己坐在独轮车上，望着"洁白的马斯河"的父亲看了很久，看着他在花园里劳作。他一言不发，勤勤恳恳地继续工作。一个星期之后，当格里特和亨德里克安然无恙的消息传来后，他依然勤勤恳恳地工作。

格里特一度受到关押。他向大家讲述着，德国军官是怎样诧异地指着他满满一脸的雀斑的。那一刻，他的大脑瓜子闪烁着快乐的光芒。

"它们是我钢铁般意志的锈斑。"他回答道。这么看来，似乎荷兰并没有在这场战争中完败。亨德里克·鲍瑟尔不过就是忘记给家里来信儿了。可是，"洁白的马斯河"却被葬在了格雷伯格。他的父亲只是一味地给范·巴什克姆镇长家的花园除草，一句话也没有多说。

是啊，就是那么快。1940年5月10日才刚刚过去，年轻的米歇尔就已经明白，他的心愿太愚蠢了，战争越早结束越好。这也就是想想而已。时至今日，战争已经持续了四年零五个月，而且情况还每况愈下。在6月份的时候，美国军队和英国军队倒是登陆了法国，努力击退德军。他们一直将战线推进到荷兰南部，但是最终还是没能继续向前越过几条大河。他们不是没有试过，就在阿纳姆附近。只可惜，阿纳姆战役以德国军队的胜利而告终。如今，眼看着冬天就要来了。暗无天日的冬天。深知自己正在节节败退的德国侵略者展开了前所未有的掠夺。几乎所有能吃的东西都被他们掠走，运去了德国。大城市里闹起了饥荒。空中已经没有了德国战机的一席之地。美国和英国的飞机在空中盘旋，朝着能看见的一切交通工具开火。就这样，德国军队迫于无奈，只能在夜间进行运输。在一团漆黑中，这可不是一件容易的事。

米歇尔的父亲是芙朗克镇的镇长。这个镇子位于费吕沃地区的最北端，毗邻兹沃勒市。艾瑟尔河从芙朗克镇和兹沃勒市之间缓缓流过，要知道，这可是非常重要的。艾瑟尔河上横跨着两座大桥，一座供汽车通行，另一座供火车通过。同盟国费尽千辛万苦也要毁掉它们。这两座桥无时无刻不在经受炮弹的洗礼。只要毁掉其中一座，就能大幅度限制德国军队的运输。

除了运输之外，这两座大桥还有另外一个作用：有了它们，就可以轻而易举地拦截人员并检查他们的证件；有了它们，就可以抓捕年轻男子，把他们送去德国，让他们为那里的军工厂效力；有了它们，就可以捉拿没有身份证件的藏匿者。在德国人看来，艾瑟尔大桥还真是理想的罗网。

正是因为这样，来芙朗克镇打探消息的人络绎不绝。他们想要知道有没有可能安全地过桥、桥上的检查到底多严格。谁都知道，这里的镇长不是亲德派。由此，范·巴什克姆一家时常处于高压之下。

打碎瓶子的夜晚过去了。第二天早上，米歇尔七点半才起床。反正外面还黑漆漆的，起得再早也没用。况且，他一直以为自己是第一个起床的。不过，他错了。

本叔叔已经在忙着烧火了。

　　本叔叔并不是孩子们的亲叔叔。只不过，他经常上门，所以埃里卡、米歇尔和约赫姆就这么叫他了。通常，他一来就会住上两三天。在粮食短缺的年代里，换作别人，一定会不受人待见。但是，本叔叔是个例外。他总有办法搜罗些东西。上一次，他甚至还为母亲带来了半盎司战前水准的茶叶，为父亲带来了一根货真价实的雪茄。

　　"早上好，本叔叔。"

　　"哈，米歇尔啊。我正好需要你帮忙呢，小伙子。我今天必须搞到半麻袋土豆，要是能有一麻袋就更好了。你知道哪儿能弄到那玩意儿吗？"

　　"我们可以去范·德·鲍斯家试试。他住得很偏。从这里骑车过去，少说也得半小时。他家离大路远，所以也没什么销路。我跟您一起去。"

　　"好极了。"

　　房间里暖和了起来。火炉变得喧闹。米歇尔不解地朝火炉望去。半湿的木头烧得有些吃力，可他们通常只能靠这样的木头度日。他打开古董橡木盒子上的盖子。

果然：空的。

看来，本叔叔大手大脚地把"抓狂木柴"全都塞进炉子里了。

"您把'抓狂木柴'用光了。"米歇尔愤愤不平地说道。

"什么东西？"

"'抓狂木柴'。"

"那是什么玩意儿？"

"就是盒子里那些又细又干的引火柴。您知道的，母亲时不时就会抓狂。那准是在眼看着饭就要做好了，炉子却快要熄灭的时候。每到那个时候，她就会用到这个盒子里的木柴。我和父亲轮番上阵，把柴火劈得很细很细，然后放到炉子后面烤，直到它们变得干巴巴的。"

本叔叔的脸上写满了歉意。

"我会亲自动手，把盒子装满的。"

米歇尔点了点头。伙计，那可得耗上一小时呢，他在心里想。不过，他什么也没说。他也没有主动提出帮叔叔的忙。谁胆敢自作主张动用了"抓狂木柴"，那就活该自食恶果。

客人们陆陆续续地起床了。他们每人分到两片黏糊糊的切片面包和一盘乳酪粥。之后，他们由衷地谢过范·巴什克姆夫人，离开了。有的人往北走，去买上一麻袋裸麦或者一口袋土豆；有的人往西走，他们的家人正挺着饥饿到水肿的肚子，期盼着他们归来。

等全家人都用过早餐后，本叔叔问米歇尔愿不愿意一起去范·德·鲍斯家。米歇尔意味深长地看了一眼用来装"抓狂木柴"的盒子，说自己得先去给威瑟斯送几只兔子。本叔叔明白了。他找了把斧子，起身走向自行车棚后面的木桩。米歇尔给自己饲养的三十只兔子喂了粮食，挑出三只称了称重量，便出发去找威瑟斯了。他打定主意，少说也要从这笔买卖里赚到十五荷兰盾。

米歇尔已经好几个月没去上学了。理论上说，他应该升到兹沃勒市的一所中学读高一，可是，他却没法去学校了。暑假过完之后的第一天，他试着坐火车去学校。那可真是一段美好的旅途啊。火车开到芙朗克尼布鲁克附近时，一架飞机在他们上空来回盘旋。火车停了下来，所有乘客赶忙下车，冲进农田里四处逃散。英国的战斗机在他们头顶上方的低空中轰鸣。只不过，同盟国的飞行员并不是来射杀荷兰公民的。他们只是想要切断德国的一切运输渠道而已。

等所有乘客都逃远了，战斗机接二连三地朝着火车头俯冲下来，用子弹把它打成了一个筛子。

兹沃勒求学之旅就此告终。任何地方都买不到气胎，因此，自行车也行不通。总不能天天蹬着木轱辘骑那么远吧……更何况，米歇尔的父母认为这太危险了。

他们决定：还是不让他上学了。这是为数不多的他们能代替儿子做出的决定。在其他事情上，他还是很独立的。这都是战争造成的。他走出门去，带回的是黄油、鸡蛋和咸肉；他去农民家劳作；他做起了一门小生意；他为异乡人修理坏了的独轮车、手推车和背包；他知道几名犹太藏匿者的藏身之所；他清楚地知道谁家偷偷摸摸地藏着无线电；他知道迪尔克加入了秘密的地下抵抗运动组织……即便他对这些危险的事情了如指掌，也没什么关系。他生来就很内向，也压根儿不需要跟别人谈论自己所知道的事情。

当他从威瑟斯家回来时,他的身价又提高了十七荷兰盾。他在自家花园的篱笆旁见到了邻居家的男孩——迪尔克。

"早啊。"

"我有个事儿跟你说。"迪尔克说,"不能让别人知道。"

"跟我到自行车棚来吧。怎么了?"

迪尔克却一言不发,径直走进车棚。

"没有人能听到我们说的话吧?"他问道。

"绝对没有,这里没有别人。绝对安全。"米歇尔说,"再说,我们家的人个儿顶个儿靠得住。你要说什么?"

迪尔克的模样看上去比平日里严肃了几分。

"你发誓,绝对不会把我跟你说的话告诉任何人。"

"我发誓。"米歇尔说。

"今天晚上,"迪尔克说,"我们三个人,去突袭拉戈彰德的集散中心。"

拉戈彰德是一座小村庄,距离芙朗克六公里远。

米歇尔的心里产生了一种异样的感觉：自己居然可以掌握突袭的计划。但是，他表面上却表现出很不在意的样子。

"你们为什么要去突袭集散中心？"

"你看，"迪尔克解释说，"这附近住着许许多多藏匿者。他们自然是分不到用来买面包、糖、衣服、烟草等东西的票证的。"

要知道，没有票证，简直什么东西都买不到。人们称之为：**一切凭票供应**。

"我知道。"米歇尔说。

"那就好。"迪尔克说，"我们去突袭集散中心，把所有的票证统统拿走，然后分发给家里有藏匿者的人家。"

"你能打开保险箱？"

"依我看嘛，范·威利根博尔戈先生会乖乖地为我打开它的。"

"范·威利根博尔戈先生是什么人？"

"他是那里的主任。他是个好人。我知道，他今晚会加班。我们一到那里就逼他打开保险箱，把崭新的供应卡交给我们。我算准了他不会怎么反抗。"

"'我们'?"

"你别管那么多。"

米歇尔咧嘴一笑。迪尔克又没疯,怎么会把名字告诉他?

"你为什么要告诉我这些事?"

"听好了,米歇尔。我这里有一封信。万一出事了,你就把这封信交给贝尔图斯·范·赫尔德。你能做到吗?"

"交给聋子贝尔图斯?他也参加了地下抵抗运动?"

"别问这么多。你只要把信交给贝尔图斯,就完事了。行吗?"

"当然了。你该不会觉得会出事吧?"

"没有,我没那么觉得。可是谁也说不准。你有地方藏信吗?"

"有的。给我吧。"

迪尔克从毛衣底下掏出一个信封。它被封得严严实实,上面一个字也没有。

"你打算把它藏到哪儿去?"

"你别管那么多。"

这一回,轮到迪尔克咧嘴一笑。

"明天,我会把它收回的。"他说。

"好的。别被人逮着了,迪尔克。"

"不会的。把信保管好。拜拜。"

"拜拜。"

迪尔克一边吹着口哨,一边走出自行车棚。米歇尔打开鸡窝的门,把从右往左数第四个下蛋坑位上的稻草挪开。那底下的木板是可以移动的。他掀起木板的一角,把信塞了进去。随后,又把一切恢复原样。"谁也别想找到它。"他喃喃自语。他回到阁楼上的房间,为了保险,用铅笔在床板上写下"4右",代表从右往左数第四个。倒不是他会忘记,可是,谁又说得准呢?好了,搞定了。现在该做些什么?噢,对了,该跟本叔叔一起去范·德·鲍斯家了。他走下楼,正好碰见本叔叔。本叔叔正抱着一大捧"抓狂木柴"往客厅走,看见他,露出调皮的表情问道:"老板对我的工作满意吗?"

"一级棒。"米歇尔称赞道,"我们走吧。您可以借用父亲的自行车。"

"我已经问过他了。"本叔叔说,"都说好了。你有好用的代步工具吗?"

"我有一个铁轱辘和一个木轱辘。"米歇尔兴高采烈地说道,"有点儿颠,不过还是能用的。"

"很好。我们出发吧。"

路上,本叔叔说起了乌特勒支的地下抵抗运动,他也亲身参与了。

"我们最重要的任务就是安排潜逃路线。"他说。

"从监狱潜逃吗?做得到吗?"

"不是的。尽管有不少成功的先例,不过我们安排的不是监狱。我说的是:逃离这个国家。几乎每一天都有英国和美国的飞机被击落。假如飞行员侥幸活了下来,他们就会找地方躲起来,然后想办法与地下抵抗运动组织取得联系。我们会尽全力把这些飞行员们送往英国。要么是走水路:深夜从港口坐船潜逃;要么是走陆路:转道西班牙。"

一架飞机从他们头顶的低空掠过,使得他们一时间听不清对方在说什么。片刻过后,本叔叔继续说道:"有些地下抵抗运动组织刺杀了德国的军官。在我看来,实在太不负责任了。这种行为所导致的结果就是德国佬儿随便抓捕一些平民当成报复对象,不经审判就把他们枪决。"

米歇尔点点头。他的父亲有一位来自相邻城镇的同事,不久前就是这样被杀害的。

"潜逃出境的成功率高吗?"他问。

"很可惜,他们之中有不少人都在半路上遭遇拦截。被捕后,他们就会被送往战俘营。不过,万一这其中混入了某个荷兰公民,那么这个人上刑场就在所难免了。当然了,在那之前,他早就被打得头破血流,出卖了所有的联络方式。你懂的,就因为这样,我们总是尽可能地减少不同环节之间的相互联系。"

"您自己会有危险吗?"

"不会的,没那么危险。我所在的部门负责伪造证件。为此,我跟几个藏匿者之间有联系。他们是这方面的行家。"本叔叔狡黠一笑。

米歇尔的木轱辘嘎嘎作响。这给他们的交谈增添了不小的难度。况且，他们该往右拐，转进一条沙面道路了。确切地说，那是一条马车道，只不过，它的旁边留出了一道狭窄的硬路肩，供自行车通过。到了那里，他们就不能并排骑行了。米歇尔知道怎么走，所以，他在前面带路。

农民范·德·鲍斯愿意以每公斤两毛钱的良心价卖给本叔叔一口袋裸麦。费吕沃的农民们没有利用战争大发国难财。严格说来，他们的行为是违法的。毕竟，农民们是必须把所有收成都交给农民工会的。而农民工会则受到德国人的监管。范·德·鲍斯也向本叔叔投来了怀疑的目光，不过，看在米歇尔的分上，他打消了疑虑。谁让眼前这孩子是他们百分之百可靠的镇长家的儿子呢？

"这里的农民啊，人不错。"在回家路上，本叔叔说道。

"是啊，"米歇尔说，"现在又变得不错了。战争爆发前，你们城里人总是骂他们乡巴佬儿之类的。"

"我可没骂过。我一向都很尊敬农民。"

这一天过得风平浪静。远处的艾瑟尔河边传来一些枪声,不过,这样的事情简直太稀松平常了,谁也没有在意。米歇尔照料了鸡和兔子;替父亲给某位市议员送了一封信(电话打不通);给一个过路的异乡人搭了一把手,那个人装满土豆的推车散架了……简而言之,他做了不少有意义的事情。在他的内心深处,一个若有若无的声音在说:"真希望今天快一点儿过完。"他的担忧来源于迪尔克的突袭。倒也不是有多危险。类似的突袭时有发生,可毕竟……

黑夜降临,家里如同往常一样,半陌生的人们济济一堂。九点多的时候,空中传来飞机持续的轰鸣声。他们知道,那是美国的轰炸机正飞往德国。

"又是成千上万个平民百姓的命啊。"范·巴什克姆夫人说。可她的丈夫、埃里卡和米歇尔却不以为然。

"活该。"镇长大声说道,"是他们先挑起这场残酷的战争的。是他们率先轰炸了不设防城市——华沙和鹿特丹。一报还一报。"

"可是,那个不来梅的小女孩却是无辜的呀。此时此刻，说不定就有一块炸弹碎片扎进她的大腿。"范·巴什克姆夫人说，"战争太可怕了。"

对于小女孩腿上扎着炸弹碎片的场景，他们一时间不知道该说些什么。轰鸣声逐渐远去。

就连电石灯也渐渐失去了光亮。米歇尔走出门外，凝视着邻居家的屋子。他什么都没看见，也什么都没听见。"迪尔克肯定早就回家了。"他试图让自己安下心来。正当他打算回屋的时候，听见汽车由远及近的声响。他本能地靠到墙边。汽车的行驶速度并不算快。米歇尔听到汽车最终在克诺伯家门前停了下来，他大惊失色。黑暗中亮起了一盏手电筒。他更紧地贴着墙。几个男人从迪尔克家的前院穿过，他们按门铃的声音之大连他都能听得一清二楚。不仅如此，还有人用穿着皮靴的脚用力踹门。

"开门！*"

不消说，这一声开门的指令得到了执行。米歇尔听到迪尔克的父亲充满疑惑的嗓音和几声他听不懂的用德语发出的呼喊。来访者冲进屋里，周围安静了下来。

———————

* 译者注：原文此处为德语。

砸了，搞砸了，米歇尔不知所措。迪尔克被抓了，要不然就是他们发现他参与了突袭。他的心几乎跳到了嗓子眼儿。

后门被人小心翼翼地打开。范·巴什克姆先生低沉的声音穿透黑夜："米歇尔，你还在自行车棚里吗？"

"我在这儿。"米歇尔小声说。他与父亲之间的距离还不到半米，以至于镇长先生险些被吓死。他发出了一个奇怪的声音，有点儿像"啊喂"。

"嘘——"

"我的天哪，你在这儿做什么？"

"克诺伯家被搜查了。"

米歇尔的父亲听了听。一片寂静中，他什么声音也没有听到。唯独在很远很远的地方，有一只狗在叫唤。

"为什么这么说？"

"我亲眼看着他们进去的。他们还踹门来着。"

"我没法想象克诺伯家敢做出什么反抗德国的事情来。再说，他们家里还住着德国军官。难道他们在挨家挨户地搜查？"

"不是的。"米歇尔说，"他们是直接冲着克诺伯家来的。"

镇长思索了一下。

"会不会是因为迪尔克?他有工作资格证书,被豁免去德国当劳工。会不会是他参加了地下抵抗运动组织?"

米歇尔咬紧牙关才把到嘴边的话咽了回去,没有把拉戈彰德集散中心的事和自己藏的那封信告诉父亲。他一言不发。父亲也沉默了。他们俩不约而同地陷入了深深的思考。

突然,克诺伯家的大门开了。男人们走出屋子,来到汽车跟前。在米歇尔和父亲肉眼所见的范围内,他们没有带走任何人。不过,借着朦朦胧胧的光线,他们看见克诺伯太太来到了门口。她苦苦哀求:"别枪毙他!他是我唯一的孩子!别打死他!"车门被狠狠关上,汽车开走了。

"我去去就来。"镇长说,"跟你母亲说一声。"

"好的。"

米歇尔回到屋里。客人们已经上床了。厨房里,母亲靠着一支蜡烛的亮光继续收拾。他把自己见到的情形告诉了母亲。

"我要等父亲回来。"他说。

"我很理解。"母亲说,"你先去换衣服吧。"米歇尔在黑暗中摸索着上楼。当他爬上通往阁楼的楼梯时,发现自己的房间里透露出一丝微弱的亮光。他大吃一惊。

"别害怕。"一个声音传来,"是我。"

是本叔叔的声音。

"我的天哪,您在这儿做什么?"

"我想找一本英语词典。"本叔叔小声回答,"我找到了一本,就在你的书架上。我要给我的联系人写一封信,可是我的英语实在太烂了。让我瞧一瞧,没错,找到了。炸药。哎呀,对了,就是dynamite。我可真蠢。行了,谢谢你。晚安。"

"您可以把词典拿去用。反正我上不了学,也用不上它。在日常生活里,德语词典比它更有用。真是可惜啊。"

"不了,不用了。但还是谢了。"

本叔叔的身影消失在二楼的前厅里,那也是他平时睡觉的地方。米歇尔换上睡衣，随后回到厨房里，挨着母亲等待着父亲。等候的时间不算太久，父亲就愁容满面地从外面回来了。

"迪尔克应该是参加了针对拉戈彰德集散中心的突袭。他们说他被抓了。另外一名参加突袭的人被一枪打死了。克诺伯家已经被搜查过了，不过，在我看来，搜查得并不太彻底。他们什么也没有找到。克诺伯和他妻子被吓得魂不守舍。"

"我猜也是。"范·巴什克姆夫人叹了一口气，"他们会怎么处置迪尔克？"

第三章

整整一晚,米歇尔满脑子想的都是那封信。他时而清醒,时而迷糊,唯独那封信一直在他的脑海里徘徊,仿佛那张小小的纸片能救迪尔克一命似的。有谁能替迪尔克着想呢?成为德国人的囚犯简直就是一场灾难,万一他们认定了这个人知道些什么,非要让他交代出来,那就更别提了。明天早晨,我一定要尽可能表现得正常些,米歇尔在心里想,我绝不能让任何人猜到我要去一个特别的地方。我绝不能让任何人看到我去找贝尔图斯·范·赫尔德。我一定要格外小心。

他一整宿都没有合眼。不经意间,清晨降临了。他做完平时要做的事情,直到十点来钟,才悄无声息地从下蛋坑位里取出那封信。算不上是完完全全的悄无声息。毕竟,他还赶走了一只正在那个坑位里下蛋的鸡。他,噢,不对,是她,她那副大惊小怪的模样就好像火烧屁股似的。算了，谁也不会留意一只母鸡咯咯嗒的叫声。他把信藏到毛衣里，骑上自行车出发了。他得卖力骑上好一阵子才行。要知道，贝尔图斯住的地方离这里少说也有八公里。

他别想在今天之内赶到贝尔图斯那里了。一路上，他经历了重重阻碍。先是铁轱辘差一点儿就爆胎了。它豁出一道长长的口子，米歇尔没法就地换轮子。找家修车铺吧，修车师傅没在家。再换一家，又没有轮子存货。还是把旧轱辘修一修吧，那也得等修车师傅先完成手头的其他活儿才行。足足一个半小时过去了，总算搞定了。他重新上路。

他还没来得及离开大马路，迎面就驶来了一辆汽车。在芙朗克镇，大家早就习惯了在靠近机动车时格外小心。不难发现，这样的做法是很有必要的。飞行员就像是嗅到了汽车的味道似的，驾驶着飞机，从空中向地面射击。米歇尔立刻做出反应。他飞身跳下自行车，顺势一滚，扑进一个散兵坑里。散兵坑是一种在地面上挖出来的坑洞穴，它的大小刚好能容纳一个人。这些坑在路边随处可见，用途恰好与米歇尔对它的需求一模一样。汽车停了下来,两名德国士兵逃命似的奔向几棵粗壮的大树。真是及时啊。他们前脚刚跑,后脚战斗机上的机枪就一通扫射。米歇尔缩了缩脑袋,尽可能地把身体蜷成一团。当子弹打在他身旁的地面上时,恐惧令他的心脏顿时停歇了片刻。接着,这一切都过去了。声音逐渐平息。他扒着坑穴边缘往外看,瞧见熊熊燃烧的汽车。那两名士兵毫发无伤,可是路边牧场上的一头奶牛却中弹了。那头可怜的动物没法行走,只能发出哞哞的哀嚎声。士兵们从大树后面走出来,淡定地看了一眼烈火中的汽车。他们耸了耸肩膀,什么都没管,迈开步子朝着村庄的方向走去。

米歇尔摸了摸毛衣底下的信。此刻,它似乎足有千斤重。可是,奶牛还在哞哞叫。他清楚地知道,这片牧场是布德斯坦恩家的。总不能丢下这头牛不管,任它听天由命吧?!好吧,去找布德斯坦恩。男人们全都没在家,只留下腿脚不便的布德斯坦恩太太一人在家。米歇尔跟她商量了片刻,随后一脸凝重地跳上自行车,去通知屠夫。反正这头奶牛已经没救了。

时间一分一秒地过去。当米歇尔第三次起程前往聋子贝尔图斯家时，已经是下午三点十分了。他还没走完路程的一半，就在道上碰到了一个人。当他发现对方是察夫特时，不由大吃一惊。

"这不是镇长家的米歇尔吗？"

"下午好，察夫特。"

"你着急忙慌地要去哪儿？着火了吗？"

谁都知道察夫特不可信。他常常在兵营附近徘徊，有时跟德国士兵们一起出入食堂，给他们打杂。人们怀疑，去年范·胡嫩家被抓的犹太人就是他出卖的。那些犹太人被运去了德国。范·胡嫩也一样。谁也没再听到过他们的消息。于是，米歇尔匆匆忙忙地回答道："我要去拉戈彰德找范·科莱维赫议员。"

"太巧了。我也要去那儿。我们结个伴吧。"

米歇尔在心里把听说过的骂人的话全都骂了一个遍。真是搬起石头砸自己的脚。这下，他非但不能去找贝尔图斯，反而还得去一趟拉戈彰德了。真要见着范·科莱维赫议员了，他该说些什么呀？他甚至都不确定这位范·科莱维赫到底是好人还是坏人。察夫特没完地絮絮叨叨，与此同时，米歇尔满脑子地搜罗借口，寻找一个不用去拉戈彰德的恰当理由。可他却什么也想不出来。

"你听说昨天晚上在拉戈彰德集散中心发生的突袭了吗？"察夫特问道。

"他们今天早上聊到了。"米歇尔有些怀疑地说。

"哪个'他们'？"

"我怎么知道？不是访客就是我拜访过的人。"

"你一定是照你父亲的吩咐，去找范·科莱维赫议员的吧？"

"天哪，不是的，拜托！我还得照他的命令换块干净的尿布呢。"米歇尔气不打一处来。

"哎呀呀，这也是有可能的嘛。"察夫特说。他丝毫没把米歇尔的气话当回事。

一刻钟以后，他们来到了议员家门前。议员亲自打开门。

"快进来，伙计们。"他热情地说。

"不了，谢谢您。"米歇尔回答，"我的父亲派我来告诉您，自来水厂的会定在下星期二召开，还是老时间。"

"噢,谢谢你。那就是星期二下午四点钟。告诉你父亲,我会准时参加。再见啦。"

"再见,先生们。"

"我的事情五分钟就能办好。"察夫特说,"你等我一下,我跟你一起回去。"

米歇尔受够了察夫特的牢骚和他出言无状的盘问。

"我很着急。"他说,"不好意思,下一次吧。"

他加快速度向着芙朗克镇骑去。信依旧在他的毛衣底下轻轻摩擦着。可是,他不敢径直去找贝尔图斯。他首先要把关于自来水厂开会的谎圆了才行。这件事也算不上无稽之谈。前一天,他刚刚听见父亲说到下周要开会。应不应该向父亲和盘托出呢?他思考再三。

不行,他最终决定,但凡没到万不得已的情况,我就不能那么做。再想想别的办法吧。

幸好他的父亲在家。

"父亲,"米歇尔面不改色心不跳地撒起谎来,"我现在得去趟拉戈彰德。我今天早上听见您说要跟自来水厂的领导开会来着。您需要我给范·科莱维赫捎个信儿吗？"

"需要。"镇长带着几分诧异地回答，"幸亏你提起来了。你能不能告诉他，会议定在下周三，老时间？"

"星期三，四点钟？"

"是的，谢谢。"

"再见。"

"对了，你到底要去哪儿？"

米歇尔嘟囔着"我去看看能不能给一位来自阿姆斯特丹的太太买只鸡，她就住在那个谁家"，便溜出了父亲的房间。这样倒好，父亲就不能继续追问了。麻烦的是，他现在又得去一趟拉戈彰德。他一度希望自己猜对了。他明明记得自来水厂的会经常在周二召开。唉，只错了一丁点儿而已。上车，出发。不消说，他在半路上遇到了察夫特。那家伙一脸惊诧。米歇尔挥了挥手，奋力前进。"这下，他又该鬼鬼祟祟地琢磨我为什么骑来骑去了。"米歇尔在心里想。算了，反正这家伙不是什么千里眼。不过，他也不是近视眼，因此，大家都要格外小心才行。

米歇尔告诉范·科莱维赫自己弄错了时间，会议是在周三召开。随后，他匆匆忙忙地骑车回家。他正好能赶在天黑前进家门。至于贝尔图斯嘛，只能等到明天再说了。为安全起见，他把信放回了下蛋坑位。他只能暗自祈祷信里没有任何当天必须完成的事情。他的感觉糟透了。迪尔克被捕了，可是他却连这么简单的任务都没能完成。更何况，他骑车也骑累了。家里和往常一样，各种各样的陌生人络绎不绝；本叔叔走了；埃里卡占用了半小时的动力灯，只为了梳她那头招人厌的头发；约赫姆每两分钟就要擤一下鼻涕；还有……

可恶，真是糟糕的一天。

第四章

　　第二天的情况愈发糟糕。

　　米歇尔一清早就蹬着自行车出门了。这一回,他毫不费力地来到聋子贝尔图斯家的农场。目力所及的范围里见不到一个人影,只有一条看门狗。它如同火烧屁股一般,朝着米歇尔冲将过来。米歇尔走进屋子。谷仓里没有人。庄园里没有人。贝尔图斯和他的妻子燕妮欣去哪儿了?

　　所有门都开着,家里应该有人才对。

　　"有人吗?"他用尽全力喊道。贝尔图斯肯定是听不见的,可是说不定燕妮欣能听见呢!

　　他走出屋外。等一等,自行车棚里是不是传来了水桶丁零当啷的声音?没错,燕妮欣在破败不堪的棚子里拖曳着几个水桶。她正忙着喂猪呢。显然,这几个桶对她而言太重了。

"嘿，燕妮欣。"

"你是镇长家的米歇尔？你有贝尔图斯的消息吗？"

"贝尔图斯的消息？"

女人失落地放下手里的水桶。

"我还以为镇长也许能知道他们对贝尔图斯做了什么。"

"对贝尔图斯做了什么？"

"难道你还没听说吗？贝尔图斯昨天夜里被抓走了。"

"被谁抓走的？德国佬儿？"

"当然是德国佬儿。要不然还能有谁？"

"他做了什么？"

矮小的燕妮欣愤怒地跺了跺脚。

"他什么也没做过。他正在家里喂猪，就和我现在做的事情一样。他们把所有东西都翻得乱糟糟的。就连他的旧衣服都没有放过。可是他们什么也没找到。一点儿东西都没找到。"

"可他们还是把他抓走了？"

"是啊。那些坏蛋。我还放出了凯斯。它一口咬住其中一个家伙的脖子。然后,他们不停地用枪托砸向这个可怜虫,直到它松开口。他们没有打死它,就算得上是万幸了。"

米歇尔非常难过。

"你说的是昨天晚上吗,燕妮欣?"

"下午四点半左右。"

米歇尔思索了一会儿。这一定是巧合。察夫特不可能猜得到。他第二次碰见察夫特的时候是几点钟?四点光景吗?这两件事之间不可能有关联。"对了,燕妮欣,你知不知道他们有没有去别的农场?他们该不会是直奔你们家而来的吧?"

"我觉得就是冲着我们来的。他们开着该死的破汽车,直接到的这里。你知道吗?米歇尔,要是贝尔图斯真的做了什么,虽然我是不信的,可是他要是真做过什么,那他一定是被出卖的。"

"你怎么知道?"米歇尔心中一惊。

"昨天晚上,他被抓走之后,我被吓得不轻。于是我骑车去了我姐姐家,你知道的,就是跟安蒂

43

科·登·奥特尔结婚的那个。他们就住在大马路跟德利库斯曼路的交叉口。"

"是的,我认识他们。"

"嗯,我到了那里。我跟你说了,我被吓得不轻。我告诉他们,贝尔图斯被抓走了。然后,我姐姐告诉我:'老天啊,姐们儿,是四点半那会儿吗?我看见他们开着两辆汽车,拐进了德利库斯曼路。要是早点儿知道他们是去你们家的就好了!''那又能怎么样?'我问她。'是啊,也不能怎么样。'她说。"

"你说他是被人出卖的,燕妮欣。这些跟出卖有什么关系?"

"噢,对了,我姐姐说,汽车先是在大马路上停了一会儿,然后,其中一个家伙跟我们这儿的本地人聊了一会儿。聊完了,他们就开着车,进了德利库斯曼路,直接冲着我们来了。就是那小子伸手给他们指的路。"

"那人是谁?他们跟哪个本地人聊了一会儿?"

"唉,那小子叫什么来着。就是那个脸白白的,整天骑个自行车转来转去的那个。"

"你说的是察夫特?"

"就是他，察夫特。他们早就说过了，这家伙不是什么好东西。"

米歇尔陷入了沉默。他觉得自己或多或少担有一些责任。可是，察夫特又是怎么知道的呢？就算他发现了米歇尔去拜访范·科莱维赫议员仅仅是一个借口而已，他还是不可能知道聋子贝尔图斯跟这件事有关系啊。他必须离开这里，找个地方安安静静地思考一下。

"我得走了，燕妮欣。我希望他们能尽快放了贝尔图斯。"

"你能把这件事告诉你的父亲吗？说不定他能帮上忙呢。"

"我一定会告诉他的。至于他能不能帮上忙嘛，我有点儿怀疑。再见。祝你一切都好。"

幸好她没有问米歇尔是来做什么的。他骑上车，匆匆忙忙地走了。

一段路程过后，他下车，背靠着一棵大树坐了下来，想要好好思考一番。先把事情捋一捋：迪尔克把有关突袭的事情告诉他，并且给了他一封信，让他如有万一把信交给聋子贝尔图斯；他把信藏了起来。这些绝对没有被人看见。突袭失败；一个人被打死，一个人在逃，迪尔克被捕；米歇尔本人第二天早晨尝试送信给贝尔图斯，却因为各种各样的状况被耽搁了。自己真是太蠢了，自行车坏了的时候，就该走路去送信。察夫特也许发现了他对范·科莱维赫撒了谎，又在四点钟的时候看见他第二次出发去往拉戈彰德；四点半，察夫特给两辆德国军车指明了贝尔图斯家的方向……不对啊。这些事情之间没有任何关联。

突然，他的脑海中闪过问题的答案。迪尔克肯定经受了严刑拷打。他们对他进行了无尽的折磨，直到他供出了贝尔图斯。至于察夫特嘛，他只不过是在被问到的时候指了指去往贝尔图斯家的路而已。当然了，肯定是这么回事。他们该是采用了什么样的手段才能从迪尔克嘴里得到这些信息啊！一想到这里，他不禁吓出了一身冷汗。迪尔克可不是经受不住考验的人。

这时，一个新的想法从他的脑海中闪过。这个想法更是把他吓得不轻。既然迪尔克供出了贝尔图斯，那么说不定他还松口说出他——米歇尔的名字，说他手里有一封要交给贝尔图斯的信。这封信正是德国佬儿四处搜寻的东西。他们肯定以为这封信会在四点半之前送达。谁也没想到他这么笨手笨脚的。然而，这也就意味着这些人此时此刻正在家里等他。他们要把他连人带信一网打尽。

这可不行。米歇尔掏出信封。信封上一个字也没写。他要把这封信毁了，把它碎尸万段，然后埋到沙土里。他应不应该先读一读信里面的内容呢？不要。这样的话，就算他被抓了，也没什么能够出卖的。这就把信消灭掉。他狠狠一扯，把信撕成两半。接着再一扯，又撕成四片。

等一下。万一这里面写了什么重要信息，那可怎么办？万一有什么紧急的事情呢？不用说，这里面准有重要的事情。要不然，迪尔克何必费劲写它呢？贝尔图斯已经无法完成这封信里交代的任务了。他的心里一清二楚：**这件事必须由他来完成**。这个想法真是太可怕了。

整整五分钟，他手里攥着被撕成四片的纸，丝毫动弹不得。假如读了这封信，他就毋庸置疑地加入了地下抵抗运动组织。假如不读……唉，反正也已经这样了。

当他从迪尔克手中接过信的那一刻起,他其实就已经给出了承诺。他从信封里掏出被撕成四片的信,抚平后拼凑在一起。信上写着:

当你读到这封信的时候,我已经落入了德国人的掌心。有一个人需要你的帮助。你还记得三个星期前在芙朗克上空发生的激战吗?一架英国飞机在战斗中被击落。飞行员背着降落伞跳出了机舱。德国人试图寻找他的踪迹,却一无所获。我比他们走运。我找到了他。他的腿和肩膀受了伤。我带他离开那里,找专家处理了他的伤口,又给他的腿上了石膏。至于那位专家是谁,并不重要。问题在于之后把他藏在哪里。你还记得吗?我1941年至1942年间在林业部门工作过。那时候,我们在繁稠森林里种植了许许多多幼苗。我还在地底下挖了一个藏身之所。那里总共有四个种植片区,每个片区都占地三公顷左右。藏身之所就在东北片区的中央。入口处被浓密的云杉树层层围住。不知情的人是不可能找到那个地方的。飞行员就躲藏在那里。我每隔一天就会给他送些吃的过去。他走不了路,如果没人给他送吃的,他就会饿死。去的时候要小心。他有一把左轮手枪，而且疑心很重。他只会说英语，所以跟他交流起来很费劲。我只怕你的英语比我也好不到哪里去。没有人知道这个藏身之所的存在。不要轻易告诉别人。

迪

米歇尔把这封信反复读了三遍。随后，他把信撕得粉碎，埋到一片苔藓底下。尽管他的胃因为紧张而抽搐，可是他却在瞬间变得无比冷静。他承担起了照顾英国飞行员的重担。万一被发现，等待他的就是死刑。问题在于：**迪尔克到底供出了多少？**答案是少之又少。这一点，他很肯定。说不定，他只提到了聋子贝尔图斯，对于米歇尔却只字未提。他回家的时候必须多加小心，了解清楚德国人有没有来找过他。不对，等一下，现在还不是考虑这些的时候。他得先去看看那名飞行员。说起来，他昨天已经断了一天粮，说不定前天就已经断了。好吧，他现在需要的是粮食。回家取吗？这可不太明智。还是去找范·德·韦尔夫吧。他就住在附近，可以去他那儿弄一些。米歇尔骑上车，出发了。

范·德·韦尔夫太太正忙着清洁烤房。他们在那里度过了整个夏天,可是随着天气变冷,他们把吃饭的地方搬回了庄园。如今,烤房该做好过冬的准备了。

"你好啊,米歇尔。"范·德·韦尔夫太太说。

"您好,范·德·韦尔夫太太。天气真不错啊。"

"谁说不是呢。你还真是长大了呀,孩子。小心着点儿,千万别让德国佬儿把你抓走。你几岁了?"

"快十六了。"

"留神着点儿。我的姐夫住在奥斯特沃尔德,他的儿子上个星期刚被人抓走,送去德国了。他们说是让他去做工。他已经十七岁了,可那也不大……他们抓的孩子越来越小了。"

"我会躲着点儿的。"

"对了,你来做什么?一定是来要吃的吧?"

"可以的话,那就太好了。"

"你想要些什么?"

"如果我说火腿的话,会不会太过分了?"

"也只有你才有这么大面子。"

他们一同走进屋里。烟囱的下方挂着一排火腿、培根和香肠。范·德·韦尔夫太太从钩子上取下一只火腿,切了一块。

"给。"

"太感谢了,范·德·韦尔夫太太。"

米歇尔付了钱,准备离开。

"不来条面包加奶酪吗?"

"这还真让我没法拒绝。"米歇尔说。

她抱着面包,切下厚厚的几片,往里面塞进黄油和奶酪,慷慨地递给米歇尔。这些东西要是放在阿姆斯特丹出售,十块荷兰盾都算少的。

"谢谢,我留着路上吃。"米歇尔说,"我真的得走了。"

"好的。拜拜。"

当视野范围内再也看不见农场的踪影时,米歇尔打开包着火腿的纸,把面包也塞了进去。随后,他毅然决然地朝着繁稠森林骑去。

东北片区并不难找。对于米歇尔而言,困难之处在于不能被人发现。当他接近那片林子的时候，就把自行车藏进灌木丛里，然后步行前进。森林静静地沐浴着秋日的阳光。树叶纹丝不动。这里的静谧没有被任何伐木工人的敲击声打破。周围没有汽车，因而也听不到汽车的轰响。只有几只小鸟不时地刷着存在感。

　　米歇尔一边靠近幼苗区，一边小心翼翼地四下张望。好家伙，这要怎么穿过去？小小的云杉树排得十分紧凑，紧凑到他一时不知道自己该从哪儿下脚。过了一会儿，他发现越靠近地面的地方侧枝越少。于是他尝试着从树干间爬过去。

　　他费尽千辛万苦，胳膊上和脸上满是划痕。他时不时就会小心翼翼地停下，紧张兮兮地四下张望，查看附近有没有人，然后调整前进的方向。尽管速度很慢，可他离目标却越来越近了。根据他的判断，他已经无比接近这个片区的中央了。那个藏身之所在哪儿呢？他小心翼翼地匍匐前进。但是，无论他多么谨慎，树枝难免还是会发出吱吱呀呀的声响。

"不许动！"①

他被吓得手足发麻。声音很近。他小声地回应道："乖，孩子。"

他也不知道自己怎么会说出这样一句话。一定是在哪儿读到过，哪本印第安人故事集里。噢，不对，这不是燕妮欣常跟她家的狗说的嘛？！

"你是谁？"②

他在学校学过。这句话的意思是"你是谁"。

"迪尔克的朋友。"他说。

"迪尔克在哪儿？"③

迪尔克在哪儿？在监狱里。

"在监狱里。"④

"过来点儿。"⑤英国人命令道。米歇尔顺从地朝着声音传来的方向爬了几步。

很快，他就看见了一条向下倾斜的通道。一个约莫二十岁的男人倚着墙壁。他穿着军装裤。一条裤腿被剪断了，整条腿上裹着石膏。他的右胳膊上盖着一块布，肩上披着军装大衣。他的脸上胡子拉碴的，左手拿着一

---

①—⑤ 译者注：原文此处为英语。

把手枪。他用手枪示意米歇尔进洞。那里一片漆黑。然而，当眼睛适应了周遭的黑暗后，米歇尔发现，入口处透进来的光线足以让他看清洞内的结构。显然，这里先是挖出了一个又宽又深的坑，墙壁上支着梁木，用来防止坑体塌垮。梁木顶上还摆着一块木头隔板，应该是工棚的侧墙之类的东西。隔板上方抹了一层森林里挖来的泥土，几株可怜巴巴的小云杉在那里生长。显然，由于提供的泥土太少了，以至于它们没法好好地生根发芽。

这个洞大约三米长、两米宽，高度在两米差一点儿的样子。这是迪尔克的杰作。真是不错。但是，眼前这个人却要日日夜夜在这里生活，况且他的身体原本就已经弱不禁风了……在其中一面墙边，在遮挡得最严实的一侧，干枯的树叶堆成一堆，上面还铺了一块鞍褥。米歇尔见到了一个水壶、一个水杯、一块破破烂烂的羊毛围巾，这些东西就组成了洞里的全部。我的天哪，他居然已经在这里住了几个礼拜？

他们费劲地交谈起来。飞行员知道，他得说得慢一点儿；而米歇尔则绞尽脑汁，努力回忆学校里学过的英语单词。还不赖。飞行员的名字是普通得不能再普通的杰克。眼看着终于又有人跟他说上几句话了，他高兴得像个孩子一样。要知道，迪尔克小学毕业后就再也没有接触过任何课本。他们之间的对话实在太吃力了。当他听说迪尔克在一次突袭中被捕，甚至还经受了严刑拷打的时候，变得有些忐忑不安。为了迪尔克，也为了自己的安全。迪尔克会不会供出这个藏身洞呢？

无论多么忐忑不安，他还是尽情地享受起火腿来。他身边连一滴水都没有。米歇尔这才明白，应该给他带些喝的过来。可是，他完全没有想到这一点。杰克问他能不能明天再来一趟，多带些食物和喝的。

"OK。"米歇尔说。这个起源于美国的口头语就像长了翅膀一般飞到荷兰，早早就传播开来了。*只要我明天没和迪尔克关在一个牢房里*，他在心里想。不过，他嘴上却什么也没说。毕竟，这句话用英语说起来也太复杂了。

飞行员给他指了"路"。嗯，其实就是那条通道。迪尔克总是从那里爬出去。不错，这样的确更容易走出云杉林。

米歇尔在慕道班上学过，一定要小心再小心。因此，在他把自行车从灌木丛里取出来之前，仔仔细细地环顾了四周；因此，他确保没有任何人看见他走出树林；因此，他没有直接回家，而是先去拜访了克诺伯。他表达了自己对迪尔克的同情。克诺伯先生和他妻子依然是一副被吓得魂不守舍的模样。

他们自然而然地谈起了搜查这个话题。事实上，这也是他们目前能谈论的唯一一个话题。

"今天，镇子上有谁家被搜查了吗？"米歇尔问。

"我没听说。"克诺伯先生回答。

"我成天担心他们会把我的父亲抓走。"米歇尔接着说。

"我明白。我们的迪尔克已经被他们……"

克诺伯先生又诉说起自己的不幸。当然，这也可以理解。

米歇尔基本可以确定：这一天，德国人没有去过他的家。要不然，邻居绝对会知道。然而，当他把自行车停到车棚，然后从后门走进厨房的时候，他的心还是怦怦直跳。不过，母亲的语气倒是很平常："哈，米歇尔，你这一整天干什么去了？"

暂时还好。

"没什么。我就是在附近转了转。"他说。母亲很满意这个废话般的回答。

夜晚过去了。米歇尔的内心燃起一股抑制不住的冲动，想要找一个人倾诉：父亲、母亲或者本叔叔。可是，他抑制住了这股冲动。"真正的地下抵抗运动成员是孤独的。"他曾经听父亲这么说过，"他会独自完成任务，独自消化情报。"米歇尔十分清楚地知道，自己已经涉足了大人的事情，而且，这场冒险是以生命为代价的。好吧，他一向都很讨厌别人把他当小孩儿，他早就是一副大人模样了。因此，他什么也没说。尽管他知道母亲随时都有可能发现他脸上的忧愁，对他说："米歇尔，你为什么发愁？"尽管任何声响都会让他联想起装甲车，尽管他不知道怎么才能在未来几星期的时间里为杰克搞到食物——他依然保持了沉默。

第五章

　　真是不容易啊。米歇尔每隔一天去看望一次飞行员杰克。他不得不编出许许多多的借口,用来寻找食物。他用于自己出门的托词简直数不胜数。作为镇长的儿子,想要从农民那里买些粮食并不是什么难事。至于他过去一年通过各种各样的零工攒起的零花钱遭到大大削减也算不上灾难。他是为了做好事。况且,所有人都说,等战争结束后,钱会贬值。问题在于他不能让自己四处寻找食物的事情传到父母的耳朵里,毕竟这些吃的都没有拿回家。为了以防万一,他时不时地额外搜罗一些食物,乖乖地把它们拿回家。除此之外,他去的都是遥远的农场,那里的农民很少与镇子里的人们打交道。总而言之,这活儿不容易。当然,德国人没来抓捕自己就够米歇尔欣喜若狂的了。显然,迪尔克没有把他的名字供出来。米歇尔十分感谢他。他猜想,迪尔克或许供出了聋子贝尔图斯，反正贝尔图斯什么都不知道，他们家也搜不出任何东西。他迟早会被放出来的。*迪尔克肯定指望着我养活杰克呢*，他骄傲地想。噢不对，不是这样的。迪尔克压根就不知道他会不会立刻把信送到贝尔图斯手里。难道迪尔克那么快就受尽了严刑拷打，以至于他可以赶在米歇尔把信交给贝尔图斯之前就让贝尔图斯被捕？在内心深处，米歇尔认为迪尔克招供得太快了，可是，他不想暴露出这个想法。假如被打得满地找牙的人是自己，甚至是遭遇到更糟糕的情况，他又会怎么做呢？

与此同时，杰克的状况正日益恶化。他感到厌烦，同时也为肩膀上迟迟未愈的伤口感到担忧。周遭的环境也不作美。寒冷、潮湿的洞穴外加树叶做成的床：要是让负责公共卫生的检察员来看上一眼，他绝对就笑不出来了。

米歇尔已经竭尽所能。他先是从父亲的书柜里偷拿了几本英文书。这些书都被摆在书柜里靠后的位置，不容易引起注意。至于这些书写的是什么，他并不怎么在意。就连杰克也一脸不解。他的面前摆着一本关于上世纪自然医学的书，书里有一些秋千浴、蒸汽浴和淋浴的精美图片，甚至还有一个封着的信封（里面装着一些图片，从医学角度出发，呈现了身体上用于判断宝宝性别的特殊部位，怎么说呢，这可是1860年出版的书啊），仅供十八岁以上的学生参考；有一本关于蒸汽泵站的书；有一本阿加莎·克里斯蒂的侦探小说；有一本关于内燃机的论著；还有一些别的什么。杰克由此推断，范·巴什克姆镇长的兴趣十分广泛，不过，能看到这些书，他非常高兴，好不容易有机会读到印着自己母语的书籍，他甚至兴致勃勃地把它们熟记于心。

除此之外，米歇尔努力让这位"住客"的生活变得更加舒适。想要悄无声息地拖一张床进洞是不可能的，但是，他带来了更多的旧毯子，甚至还弄来了一张折叠椅。另外，他还分批运来了木板、钉子和榔头，挑了一个伐木工人在森林里干活儿的日子，这样一来，零星的几声敲打就不容易引起注意了。他做了一扇门，用来抵御洞穴外的寒冷。可惜的是杰克不能亲手干活儿解闷儿，毕竟，肩膀上的伤容不得他做这些事。

可惜的是尽管如此，杰克还是渐渐抑郁了起来。他肩膀上的伤非但没有好转，反而还恶化了。绷带脏了。有一回，米歇尔搜罗到了一根绷带。他善良无知地用这根绷带重新为杰克包扎了伤口。伤口的脓疮让米歇尔着实吓了一跳。眼看着伤情一直没有好转，他想到必须让杰克的肩膀接受更专业的治疗。可是，他该怎么做呢？芙朗克镇和周边地区的家庭医生之中没有任何一个让米歇尔信得过的。那么乡村护士呢？他对她们不太了解……护士！他怎么把这个忘了？他亲爱的好姐姐埃里卡去年在兹沃勒学过护理。课程当然是进行不下去了，可是她好歹懂得比他多啊。

埃里卡能信得过吗？

这有什么好怀疑的？埃里卡当然信得过。他总是疑神疑鬼的，再这么下去，他总有一天会把自己的母亲当成德国间谍的。

埃里卡会同意吗？

杰克会同意吗？

他应当向埃里卡透露英国飞行员藏身的位置吗？

他可以临时把杰克带离藏身之所吗？

咦，腿上绑着石膏又断了一条胳膊的杰克到底是怎么来到这个藏身之所的?他疑惑地问飞行员。

"别提了。"飞行员一边说,一边露出了痛苦的表情。他说起迪尔克是怎么架着他,让他拖着一条好腿在树桩间穿行的。他宁愿被德国的盖世太保抓去上刑,也不愿意再受一次这种苦了。

最后这句话是黑色幽默。但是,这段旅程显然也算不上愉快的经历。

"战争很快就会结束。"米歇尔说,"在荷兰,它不多不少,正好持续了四年半零一天。"

"噢,"杰克说,"那是多少分钟?"

他已经能说一口荷兰语了。除了有关内燃机的学习资料外,米歇尔还找到了一本菲利普·奥本海默的书。家里不仅有一本英语版的,还有一本荷兰语译本。他把这两本书一同带给了杰克。闲得无聊的杰克刻苦地研读起来。在那之前,他刚刚放弃了深入研究秋千浴那本书里提到的切实可行的自然医学方法。

"我们必须找人给你看看伤口。"米歇尔说。

"不行。"杰克干脆地回答。

"必须的。"米歇尔比他更加干脆。

杰克耸了耸肩。这个举动让他疼得只能从牙缝里挤出几个不干不脆的词来。

"就是这个意思。"米歇尔说。

杰克气呼呼地看了一眼污迹斑斑的绷带。

"你说，怎么做？你弄个人来，从德国部队的医院？"

"我的姐姐。"米歇尔说。

"你的姐姐？"[①]杰克说。他一心以为是自己听错了。

"是的，我的姐姐。我的姐姐是护士。"

他没有说出口的是埃里卡的护理经验只有清理便壶和测量体温。

"你信她吗？我说的是——信任。"

米歇尔觉得自己受到了冒犯。

"我们这里就连小白鼠都是可信的。"他说。

"我说，"杰克赶忙纠正，"她能承担起……呃，责任[②]？"

他这一问，米歇尔还真得想一想。埃里卡能承担起

---

①—② 译者注：原文此处为英语。

这份责任吗？事实上，她除了和朋友们嘻嘻哈哈之外，并没有做过什么。有时候，她们的嘻嘻哈哈会转化成没脸没皮的大笑，吵得米歇尔夺门而逃。除了这些，她就只会坐在镜子跟前，没完没了地梳头发。他犹豫了一下：她的确也会给母亲搭把手。前一天，她刚刚宣布自己会加入某个救援委员会。至于那到底意味着什么，他也不知道。只不过，承担责任？不行，她肯定做不了。

"唉，"杰克说，"那可就不行了。"

"等一下，"米歇尔建议说，"只要你别穿那件军装外套，换上一件我给你带来的普通大衣，再闭上你的茶壶嘴，那么她就不会发现你是英国人。另外，只要在我们到达和离开幼苗区之前，我蒙上她的眼睛，那就足够安全了。值得冒险一试。"

"什么是我的茶壶嘴？"

"你的话匣子。"

"什么是我的话匣子？"

"就是你要闭上的那个东西。"

"这么说，我的茶壶嘴就是我的耳朵。"杰克推断说，"你说话的时候，我最好闭上我的耳朵。"

米歇尔笑了。

"唉，"杰克说，"你姐姐，会照你说的，去做？英国的姐姐可不会做弟弟说的。"

"我觉得她会。"米歇尔轻轻松松地回答。

一点儿不错，她的确照做了。也许是出于好奇和直觉，反正她就是照做了。

"蒙眼睛，这听起来倒是新鲜，"她说，"可是，你不觉得我蒙着眼睛在路上走会显得有点儿奇怪吗？"

"等我们快要进森林的时候，我再把你的眼睛蒙起来。"

"根本没必要啊。等我们到了森林，我就闭上眼睛，然后我们手挽着手走，就像情侣那样，穿过……"

"我不跟我的姐姐做情侣。"米歇尔说。

"我看，你跟谁都成不了情侣。"埃里卡认为，"这有什么的？！我们只不过是假装假装罢了！受伤的人到底是谁？"

"不能让你知道。我的意思是，没什么好问的。你知道得越多，就越危险。你应该相信我，一句话也不要跟他说。"

　　米歇尔的话说得一本正经。成熟了，埃里卡在心里想，这一刻，他简直就是一副大人模样。

　　"我信你。"

　　她举起两根手指，可是米歇尔却不为所动。他从小到大一直看着埃里卡发誓，可信度时高时低。算了，他也只能冒险试一试。

　　"你有绷带一类的东西吗？"他问。

　　埃里卡点了点头。

　　"哪儿弄来的？"

　　"噢，我自然有我的秘密渠道。"

　　"好吧，你不用什么都告诉我。我也一样。"

　　第二天早晨，米歇尔带着一件旧大衣去了藏身之所。这件衣服非常旧，曾经有一只母鸡蹲在上面孵了十二只小鸡。到了下午，他们便一同出门了。米歇尔采取了自己已经习以为常的安全措施。他们绕了一大圈，留意了路上遇见的每一个人。进入森林之前，他更是仔仔细细地环顾四周，确定周围没有人。埃里卡觉得他的做法太夸张了。就算有人看见他们进了森林，又能怎么样呢？算了，反正米歇尔从小就比她更容易大惊小怪。天晓得，随他去就好了。况且，无论她说什么，他都听不进去。

来到森林后，他们把自行车藏到灌木丛里，然后步行前进。米歇尔生硬地伸出一条胳膊递给埃里卡。从某些角度看，他更像是个四十岁的人，可换个角度，他却只有十岁，埃里卡想。她的弟弟时不时就扭过头看向她，看她是不是闭着眼睛。

她尽了全力。

一段时间过后，米歇尔小声说道："弯下腰。没错，跪下。只要你保证目不斜视地看着我，你就可以睁开眼睛。我走你前面。"

两人一前一后手脚并用地抵达了藏身之所。米歇尔告知杰克自己到来的方法就是蹩脚地模仿乌鸦叫，回应他的是惟妙惟肖的苍头燕雀的叫声。

看见埃里卡的那一刻，杰克不由得赞叹了一声："好小子！"[*]他的意思并不是把她当成了一个小子，反

---

[*] 译者注：原文此处为英语。

倒觉得她是一个名副其实的女孩。

米歇尔朝他那条没有伤的腿上踢了一脚,以示警诫。于是,杰克就紧紧地闭上了嘴。埃里卡用灵巧的双手解开他的绷带。一个星期前,当米歇尔做着相同的事情时,杰克不时地发出惨叫声,可是这会儿,却连一声哼哼都听不见。埃里卡真是厉害啊,作为她的弟弟,米歇尔感到十分自豪。他完全不明白,男人是不可能在漂亮姑娘面前呻吟的,他更是没有意识到,埃里卡明明就是个漂亮姑娘。

与此同时,埃里卡正忙着摆弄一团棉花。她不断地用一个瓶子里的透明液体把棉花浸湿,而后清洁伤口的边缘。接着,她往新长出的肉上洒了一层消毒粉末,随后用一块无菌纱布盖住整个伤口。再换上一条干净绷带,杰克的模样顿时比半小时前利索多了。他一脸幸福,几乎压抑不住想要说话的冲动。

"腿上的石膏打了多久了?"埃里卡问。

"五个星期。"米歇尔说,"还要保持三个星期。"

埃里卡职业化地点了点头。

"我会来拆的。"她说,"对了,绷带每星期至少更换一次。我下个星期再来。"

杰克激动不已地点点头。

"齐步走。"米歇尔气不打一处来。在他看来,她的话太多了,而且定期诊治的说法让他十分不悦。回去之后,他得好好跟埃里卡谈一谈。

他们离开藏身之所,顺顺利利地回到家里。

"每个星期去一次?想都别想。"米歇尔说。

"你说什么?"埃里卡心不在焉地问道。

"你不许再去了。"

"为什么?我做错什么事了吗?"

"没有。但是,我一个人去就已经够危险的了。"

"好吧。你说了算。"

米歇尔狠狠地盯着她。她平日里调皮捣蛋的脸上眼下却写满了严肃。她认为自己做了一件有意义的、重要的事。而平日里常常被她戏称为"小弟弟"的米歇尔原来早就投身于这类事情了,一想到这里,她就瞠目结舌。他是个真正的"男子汉",她想。她如同战友一般,捏了捏米歇尔的手,然后回到自己的房间。有些时候，有个姐姐也不是什么坏事，米歇尔想。

　　对杰克伤口的治疗似乎不仅治愈了他的身体，还治愈了他的心灵。两天之后，当米歇尔再次见到他的时候，他分外开朗，还说自己感觉好极了。唯独有一件事不断折磨着他，那就是他的母亲。事情是这样的：他的母亲住在诺丁汉，而他则是母亲唯一的指望。他的两个姐姐都在出生时就断了气。真是可悲可叹啊。他倒是挺了过来，就是不知道米歇尔能不能明白他母亲把他当成温室里的花朵一般保护的心情。这也是他报名去空军部队当志愿者的原因：他受够了娇生惯养的生活。不仅如此，还有另外一个原因。

　　"是什么？"米歇尔问。

　　杰克的荷兰语有点儿不够用了。他改用英语继续说道："我的父亲是在敦刻尔克牺牲的。那是在1940年，战争刚刚爆发不久的时候。他驾着小船来到那里，只为了把士兵们从法国带回英国。你知道的，就在那个时候，德国佬儿像列车似的横穿法国，好几万英国军人全都被团团围住了。"

米歇尔点了点头。

"炸弹砸向小船，"杰克说，"正中目标。小船消失得无影无踪。我觉得很难过，而我的母亲却是彻底崩溃了。"

"如今，你的母亲很担心你。"

"担心？我猜，她没有一晚能睡着觉，体重只剩下九十磅，满头白发，成了全英国最可怜无助的人。军方肯定把我算作失踪人口了。通常来说，那就代表翘辫子了。不过，偶尔也会突然传来失踪人员的消息，他们只是遭到了囚禁而已。"

"这么说来，你母亲每天早晨都坐在邮局门口苦等咯？"

"嗯，这种消息一般都是通过红十字会传回去的。所以，她应该在那里苦等才对。只不过，你瞧，我的心里还是记挂着她的。你就没有办法帮我捎个信儿给她吗？"

米歇尔深深地叹了一口气。照顾飞行员的任务可真不简单呀！

"我考虑一下。"他说，"你觉得我姐姐怎么样?"

杰克喷喷了几下。"好极了,"他说,"我的肩膀好多了。只可惜我一句话都不能对她说。"

"这就是敌占区的生活。"米歇尔很有哲理地说道,"国王的将士还有什么需要吗?"

"没有了,这是我住过的最好的旅馆。只是我的母亲,如果你能……"

"我考虑一下。"米歇尔重复了一遍。

他手脚着地,开始了返程。

该死,他要怎么往英国寄信呢?不消说,自从被占领之后,与德国的敌对国之间的通信往来就被切断了。当然,他可以联系地下抵抗运动组织。根据他的猜测,德利斯·格罗滕多斯特一定跟地下抵抗运动组织有点儿关系。可是,他不想暴露自己。"真正的地下抵抗运动成员是孤独的;他会独自完成任务,独自消化情报。"他一遍又一遍地告诫自己。但是,他的脑海中不断浮现出杰克的母亲坐在红十字会门口苦等的样子。他能怎么办呢?他倒是有一个办法,可是这么做合适吗?当杰克说起要往英国寄信的时候,他立刻就想到了——本叔叔。既然他对潜逃路线略有所知,那么他肯定也有办法把信寄去英国咯?只不过……这就意味着继埃里卡之后,又有一个人会知道这件事。

然而,杰克一再坚持。很快,米歇尔就屈服了,说道:"你就写吧。千万不要在信里提到你所在的位置。"

"好的。"杰克说。他在信里说自己活蹦乱跳的,没有落入德国人的手里;他说自己受了一点儿伤,但是伤势不重;他说母亲完全没有必要为他担心;他说自己受到一个十六岁的好男孩的悉心照料。*最后这句真是好话*,米歇尔想。只不过,这句话完全没有必要,所以必须删掉。因此,无论杰克是一蹦一尺高还是三尺高(由于打着石膏,他压根儿就跳不起来),反正这封信都得重写。

两天之后,本叔叔来到范·巴什克姆家。米歇尔带他出来一起散步,随后说道:"您之前跟我说起过为英国军人准备的潜逃路线。您有办法寄信去英国吗?"

本叔叔疑惑地看着米歇尔。

"什么样的信？"

"用纸写的信。"

本叔叔被逗得咯咯直笑。不过，他并没有笑多久，表情变得严肃起来。他抓住米歇尔的胳膊，说道："你该不会是想告诉我，你参与地下抵抗运动了吧？"

"没有。我朋友的哥哥的朋友想要寄一封信。你到底办不办得到？"

"是哪个朋友的哥哥？"

"那就是办不到。"米歇尔终结了话题。无论如何，他都不愿意一五一十地回答所有问题。"有点儿凉了，您不觉得吗？"

"活见鬼，"本叔叔嘟囔道，"你还真是这块材料。给我吧，那封信。"

米歇尔从口袋里掏出信。

"给。"

"谢谢。"

之后，他们对这笔交易三缄其口。

"信已经寄出去了。"米歇尔告诉杰克，紧接着，他怒气冲天,"你的绷带换过了!"

杰克乖巧地点了点头。

"是埃里卡?"

"是的。"①

"真是个言而无信的家伙。她是怎么找到你的?"

"不知道。"杰克说,"可能,她眼睛没有闭好,上一回。她觉得绷带又要换新的了,而且,她想,你肯的。所以,她就自己,自己……"

"自己来了。"米歇尔嘟囔道,"这么说,你们俩聊天儿了?"

杰克满脸愧疚。

"她知道你是飞行员了?"

"我担心,她猜出来了。她不笨,你知道的②。我荷兰语很好,但是,有可能,难得有词……"

"好家伙,快闭嘴吧。你那满嘴英语,简直跟维多利亚女王有一拼。唉,做好思想准备,德国人可能今天或者明天就会来把你带走。眼下这情形,我可没有把握保障你的安全。我和埃里卡,说不定还有我父亲,都会

---

①—② 译者注:原文此处为英语。

被枪毙掉的。砰，砰，砰。三比零。"

"埃里卡不会说的。"

"是啊，她什么也不会说出去。可是，她不够小心。她不会留意自己有没有被人发现。她总是叽叽喳喳的。她会留下痕迹。假如被察夫特一类的人看见她走进森林，他们立刻就会起疑心的。"

"察夫特是谁？"

"唉，算了。他是荷兰国家社会主义运动成员。这样的人多的是。行了，我得好好批评埃里卡才行。说不定我们运气好，能扛过去。"

"你说信寄走了？"

"寄走了。很安全，我猜。行了，回见。"

"再见。"*

到家后，米歇尔批评了埃里卡一顿，换句话说，他把她骂得体无完肤。他轻声细语的，毕竟母亲就在隔壁房间里。试试轻声细语地骂个人，你就明白了。这简直就像是你怒气冲冲地摔门而出，然后又默默地回去，取

---

* 译者注：原文此处为英语。

走落下的手套：你让自己成了别人的笑柄。米歇尔管不住他的姐姐。她看似懊悔地低着头，两眼直盯着自己背心上的第三颗纽扣，随后，略有些轻飘飘地发誓自己不会再犯这种错误。米歇尔沉默了一下，想要喘口气。趁着这工夫，她说，伤口看上去已经好多了，这难道不好吗？是啊，这下算是说够了，不是吗？

米歇尔再次强调不能把这件事告诉任何人，就连父亲也不行，什么都不许说，就是这样。

约莫一个星期过去了，没有特别的事情发生。确切地说，是没有比平日里的事情更特别的事情发生。然而，这样的宁静被本叔叔打破了。这一回，轮到他带着米歇尔去散步了。他问道："你见得到你朋友的哥哥的朋友吗？"

米歇尔不由得毛骨悚然。

"见不到。"他冷冷地说。

"太可惜了！"本叔叔说，"我有一封他母亲寄给他的信。好吧，没法交给他了。我该怎么处理这封信呢？这样吧，我把它塞到裂开的树皮底下。这样就算处理了。"

他走到一棵大树跟前,把信塞进树皮里。随后,他转过身,一声不吭地回家了。米歇尔目瞪口呆地上前拿起那个白色的信封。信封上一个字也没有。这叫什么事?这封信是寄给杰克的吗?是啊,当然有可能啦。也许,他的叔叔在杰克的信上标注了寄信人的地址,由此收到了回信。这样吧,他这就去找杰克。

他加倍警惕地踏上了前往藏身之所的路程。万一信封里装的是一张白纸,只是为了借此机会悄悄跟踪他去杰克的藏身之所怎么办?要真是那样的话,本叔叔这会儿一定会躲在暗处。唉,得了吧,自己的疑心病也太重了。本叔叔明明就是个好人。

不错,他就是好人。打开信封的一刹那,杰克的脸上露出了灿烂的笑容。信封里装着一封来自母亲的信:她欣喜若狂;在她的心里,儿子已经死了上百次……那里面还有一张她站在院子篱笆旁拍的相片。在内心深处,米歇尔对本叔叔的崇敬又多了几分。他居然花了这么短的时间就搞定了这件事。

第六章

　　这是1944年11月的一个早晨。镇子里鸦雀无声。在这个云层浓密、低垂的日子里,没有飞机敢轻易冒险。汽车也似乎全部消失了。蒙蒙细雨下了整整一夜。这会儿,雨已经停了,只有湿淋淋的大树还在滴滴答答地往下落水。空气中一丝风也没有。目所能及的范围内,一切都灰蒙蒙、阴沉沉的。街道在湿气的笼罩下散发出光芒。一只黑色的猫从街上跑过,瑟瑟发抖,最终消失在一个小棚子里。

　　镇子被笼罩在一种恐惧之中。但凡没到万不得已的情况,大家都不愿意出门。一个穿着木鞋的女人从晾衣绳上取下几件被遗忘了的湿淋淋的衣服。她怯生生地环顾四周,以最快的速度冲回屋子里。谁也不知道恐惧是从哪里来的,但是谣言却传遍了整个镇子。不知道是昨天夜晚还是今天凌晨,巡逻队在森林里发现了一具半腐烂的尸体。那是一名德国士兵。有人说，他应该已经死了六个星期左右，是被打死的。又有人说，德国人起初以为他当了逃兵，直到今天发现尸体，他们才知道他是被杀害了。

现在该怎么办呢？德国人会怎么报复呢？四处都流传着针对德国士兵的暗杀行动可能引发的恐怖屠杀。这些故事到底有多少是真的？人们该怎么防备？说到底，他们根本就没法防备。每个人都缄默不语。谁也不愿意露头。乌压压的云朵笼罩在镇子上空，低垂而又凶险。恐惧四处飘散，蔓延到街道里、花园里、房屋里。整个镇子都在静观其变。

这天上午十点，一台装甲车向芙朗克镇呼啸而来。许多人在心里想：这会儿他们倒敢了，乌云倒是保护了他们不被英国的喷火式战斗机发现。伴随着尖厉的刹车声，装甲车停在了镇政府门口。车上跳下八名士兵。他们蹬着重重的靴子踢开大门，走进屋里。他们在里面待的时间并不久。然而，出来的不是八个人，而是十个人。抬头挺胸地走在士兵中间的便是镇长和书记员。片刻过后，他们就消失了。装甲车在他们身后关上车门，随即出发。然后去找兽医，找公证员，找富农希尔特曼，找校长，找牧师……足足十个男人被从家带走，运到通往兹沃勒市公路旁的军营。他们什么也不许带。对于他们的命运如何，同样只字不提。他们的妻子上前阻拦，却被粗鲁地推到一旁。这场行动持续了多长时间？一小时？顶多也就一小时。装甲车开走了，镇子里不再寂静无声，取而代之的是惴惴不安的叽叽喳喳。这些谈论、哭泣、猜测、安慰、鼓励、歇斯底里、无能为力的人们四下走动，却一点儿办法都没有，一丁点儿都没有。

这种做法被称为"扣押人质"。因为他人的所作所为而受到惩罚的人便是人质。这些男人们刚一被捕，德国的营地指挥官就宣布，假如第二天上午之前，杀害德国士兵的凶手还没有站出来，那么这十个人会被统统吊死在镇中心的大树上。

埃里卡吐了。她的的确确被吓恶心了。范·巴什克姆夫人两眼挂着黑眼圈。她的颧骨似乎比寻常更突出了，痉挛令她的右侧嘴角不时下垂。但是，她没有哭。她用一块沾了水的面巾和毛巾给埃里卡擦拭，又递给一无所知的约赫姆一张战前水准的漂亮白纸和一支铅笔，让他安心画画。随后，她镇定地走到呆坐在椅子上的米歇尔身旁。

"我去一趟。"她说。

"去哪儿？军营吗？"

"去找指挥官。我跟他见过两面。他看上去人还不错。我去求求他，求他终止这场毫无意义的杀戮。"

"要不还是我去吧？"米歇尔问。

"不了，还是我去比较好。"

米歇尔知道，她的决定是正确的。作为镇长夫人，他的母亲自然而然比他这个十六岁的大男孩更有威慑力。范·巴什克姆夫人穿上深蓝色的套装，用粉底尽可能地遮掩住黑眼圈，随后便出发去了军营。米歇尔目送她离去。他对她的崇敬之情油然而生。他自己又能做些什么呢？他得好好思考一下，安安静静地思考一下。那名德国士兵是被谁弄死的呢？唉，这要怎么查呢？有可能是其他镇子的人干的，也有可能是偷猎者干的，他们被撞了个正着，又或是慌乱之中打死了他。要不然就是地下抵抗运动组织的小伙子们干的……这倒是有点儿难以置信。他们不会这么蠢。谁都知道，杀死德国人会引发德国国防军的严厉处罚措施。然而，地下抵抗运动组织有可能略知一二。但是，米歇尔却不知道，除了被关着的迪尔克和贝尔图斯之外，还有哪些人是地下抵抗运动组织的。想想看，谁最有可能呢？米歇尔在脑海里把镇子上所有的男人都过了一遍。基本可以确定，德利斯·格罗滕多斯特是错不了的。可是，他总是冒冒失失的。博思特玛老师！绝对的。米歇尔清楚地记得小学四年级时，博思特玛老师满怀着激情和爱国心向他们讲述八十年战争及荷兰人对自由的渴求。他的父亲曾经调侃说对自由渴求的不仅仅是荷兰人，尽管如此……博思特玛老师一定是地下抵抗运动组织的成员。

米歇尔穿上破旧的夹克便出门了。唉，他真傻啊。博思特玛老师这会儿肯定在学校啊。等到十二点再去吧。时间到了十二点，米歇尔在老师家前院的篱笆旁见到了他。

"老师好。"米歇尔消沉地说。

"米歇尔,你好。"

这声问候也高亢不到哪里去。他们知道彼此都在惦记镇长、校长和另外八个男人。

"您不会碰巧知道那个德国人是被谁弄死的吧?"米歇尔问。

博思特玛老师摇了摇头。

"那您不会碰巧知道芙朗克镇地下抵抗运动组织的首领是谁吧?"

博思特玛老师又摇了摇头。这一次,他摇得比上一次更慢了。米歇尔两眼紧紧地盯着他。

"您要是恰好碰见他了,能不能替我捎句话?"

博思特玛老师一言不发。

"您能不能告诉他,执行暗杀行动的人今天千万要去找德国人自首,千千万万要去。"

博思特玛老师若有若无地点了点头。

"你和你的母亲一定要坚强啊,"他说,"我得赶紧走了。"他微微一笑。你要是发挥出十足的想象力,没准儿就能看出这是一丝理解的笑容。"再见,米歇尔。"

"再见,老师。"

米歇尔动身回家,心里燃起一丝希望的光芒。只不过,那光芒再多也超不过一只萤火虫而已。他的母亲正坐在厨房的椅子上发呆。指挥官根本没有搭理她。

这一天慢慢吞吞地过去。天空依然阴雨蒙蒙。过路的异乡人大军比以往来得少了一些。他们是不是听说了镇子上发生的事情,故意绕道了?要不然就是毛毛雨的缘故?总之,这一天从须德海通道通行的依旧有数百人。一位老人拉着一辆推车经过。那是一辆装着四个木头轮子的手推车,刚好能装下一对一岁半大的双胞胎。只不过,这会儿车里装的不是双胞胎,而是一袋土豆。正巧走到镇长家门口的时候,其中一个轮子裂成了两半。老人束手无策。他徒劳地拖着推车,就好像只要多拖一会儿,轮子就会恢复似的。最终,他倚着一根小柱子坐了下来,像一个泄了气的皮球。

米歇尔朝他走去。他本没有心思管这些,可是,早就习惯了给过路的异乡人提供帮助,因此,他的脚不由自主地就迈开了步伐。

"轮子坏了。"他断定道。

老人点了点头。

"要不然我们修一修？"

老人惊讶地抬起头看着米歇尔。他没有想到还有这个办法。

"可以吗？"他满怀希望地问道。

"也许吧，"米歇尔说，"等一会儿。"

他前往自行车棚寻找工具。他没费多大工夫就把坏了的轮子从轴承上卸了下来。

"您在这儿等一下，我把它送去修车师傅那里。好吗？"

老人又点了点头。他一脸崇拜地看向米歇尔。

米歇尔跳上自行车。当他走进修车铺的时候，修车师傅怯生生地看着他，就好像他是从死人堆里爬出来的似的，然后立刻放下手里的活儿，修起了轮子。米歇尔不由得毛骨悚然。修车师傅表现得格外殷勤，就好像他的要求是自己的遗愿。

半小时之后，轮子修好了。米歇尔骑车回家。他猛然间意识到自己正在镇中心穿行。七棵巨大的栗子树挺立在蒙蒙细雨中，纹丝不动。粗壮的枝杈足以吊起十个人。可是，这说不过去啊。他无法想象有人会往他的父亲，他尊贵的、帅气的、善良的父亲的脖子上系上绳子，然后……这不可以。绝对不可以。

米歇尔心里清楚，这是可以的。类似的事情以前就发生过，理由还很牵强。

他曾听说，在法国的一座村子里，德国人把所有的男人统统吊死在路灯杆子上。另外，有一位过路的异乡人曾在自己家住过一晚，他讲述的故事更是令米歇尔记忆犹新。党卫队查抄了一栋房子，所在地点不是豪达镇就是武尔登镇，反正就是那附近。那里住着一位父亲、一位母亲，还有六个孩子。德国人在那里查到了武器，于是，就把全家人带到花园里，当着母亲和最小孩子的面枪杀了父亲和两个年长的儿子。

随着德国人在战争中的节节败退，这类事情发生得越来越频繁。米歇尔咽了一口口水，狠狠地收回落在栗子树上的目光，接着向前骑去。老人原地不动坐在小柱子跟前。当他看到轮子修复如初的时候，他的脸上露出欣喜的神色。

"这怎么可能呢?"他嘟囔道。

"上了几个夹锁,换了个新的铁轱辘。"

"太奇特了。我该给你多少钱?"

"三荷兰盾。"

"给。另外五毛钱是给你的。"

米歇尔忍俊不禁。五毛钱进账。想想看吧,假如他之前干的所有的活儿都收钱的话……那么照顾杰克该收多少合适呢?不过,他平平淡淡地表示了谢意,随后把钱塞进了口袋。

"您可以上路了,先生。"

老人把手搭在米歇尔的胳膊上。

"土豆是给我女儿和她的两个儿子的。"他喃喃地说,"我只希望,等我到家的时候,他们还活着。"

"您家住在哪里?"

"在哈勒姆。"

步行去哈勒姆,还拖着一车土豆。那可是整整一百三十公里啊!

"您多大年纪了,先生?"

"七十八岁。老天会保佑你的,我的孩子。"

老人抬起推车的拉杆,拖着沉重的步伐走了,他湿透了的帽子下露出一缕白发。

米歇尔目视着他离开。

战争真残忍啊,他想。

对于被扣押的十名人质而言,这一晚并不好过。对于他们的妻子孩子而言也是一样。范·巴什克姆家只来了四位客人:两位三十岁光景的远房表妹,未婚;一位是老镇长,同时也是范·巴什克姆先生的老同学;还有一位是真正意义上的姨妈。客人们觉得自己来得不是时候,不敢制造出任何动静。米歇尔给电石灯添了燃料,然后点亮。接着,他取来一些牛奶。突然,他惊恐地意识到自己把杰克忘了个干净。昨天他就没去。现在去不了了。他是不可能赶在八点钟之前回来的,况且,他也不能再给母亲增添任何烦恼了。糟糕,真是麻烦。他很想找个人倾诉,于是,他压低声音告诉埃里卡:"我忘记去看杰克了。"

"没关系。"埃里卡小声地说。

"什么?"

"我去过了。我给他带了些吃的。"

该死的埃里卡。她总是自作主张。

"你告诉他父亲的事了吗？"

"没有。他脑子里的烦心事已经够多的了。他的伤口又不太好。那个洞里太冷了，也太潮了。他的状况看上去很糟。"

米歇尔觉得，埃里卡前往藏身之所的探访给自己带来了巨大的危险。一个女孩成天往森林里跑是一定会引起别人的注意的。可是，他又能怎么办呢？谁让他自作自受。是他自己把她牵扯进来的。

然而，他的思考也没有在杰克的问题上停留多久，另一个问题强行闯入他的大脑。他看了一眼钟：九点差十分。他意外地发现，母亲一副坐不住的模样。她时不时就站起来，去做一些无关紧要的事，比如挪一挪花瓶之类的。九点一刻的时候，客人们都上床睡觉了。一直伴装坚强的埃里卡把脑袋靠在母亲的肩上，忍不住轻声哭泣起来。母亲用手抚摩着埃里卡的头发，她不知道该说些什么。米歇尔把"抓狂木柴"掰开，掰得越来越小，可他自己却丝毫没有留意。

"几点了？"

"十点差一刻。"

他们沉默不语。

埃里卡站起身来走向厨房，为所有人再做一杯替代品咖啡。

"我要是约赫姆就好了。"米歇尔说。

约赫姆已经香甜地睡了好几小时了。

"不知道你们的父亲现在正在经历什么。"范·巴什克姆夫人小声说道。

米歇尔沉默着。说实话，他从没想过这些。他的脑海里闪过可以解救父亲的各种各样疯狂的可能性，或者应该叫不可能性。他曾想象，自己穿上德军的制服，闯进军营直奔营地指挥官而去，用左轮手枪的枪管顶住他，逼迫睡眼蒙眬的他通过电话下达命令，释放被囚禁的人质。是啊是啊，老天呀，我想要一套德军制服和一把左轮手枪。可就算我有了这些东西……唉，别瞎想了。总之，他什么也做不了。要是本叔叔在就好了。说不定他能有办法。他能寻找到本叔叔的踪迹吗，还得赶在明天早晨之前？然而，晚上八点之后是禁止出门的，通话线路也早就中断了。当然了,德国佬儿的除外。然而,本叔叔从来都来无影去无踪的。

他看了看母亲,又看了看埃里卡。她们俩都坐着,双手交叠着放在腿上,怔怔地望着火焰。

米歇尔站起身来,走到后门旁边望向天空。云朵已经散去,星星冷冰冰、不近人情地挂在天空中。咦,一颗星星落了下来。"父亲平安回家。"米歇尔赶忙说道。每当天空中落下一颗星星的时候,我们不是可以许一个愿嘛?!

假设那名德国士兵是被倒下的大树砸死的呢?又或者是被闪电劈中的呢?说不定他是心脏病发作。噢,不对,这不可能,他的脑袋遭到过重击。但是,被倒下的大树砸死还是有可能的。德国指挥官有没有想到这种可能性?黑暗中,米歇尔以最快的速度奔向自己的房间。他点亮一根蜡烛,寻找一张纸,用毕生所学的德语单词(尽管还是磕磕绊绊)写道:

尊敬的指挥官:

我们接到通知,如果明天早上之前还没有人承认自己杀害了那名德国士兵，您就会下令吊死十个男人。难道这名士兵就不可能是被倒下的大树砸死的吗？我记得，大约六个星期之前，这里下过很大的暴风雨。也许闪电击中了一棵大树，这棵树又击中了士兵。拜托您，能不能再给我们一些时间仔细调查？

此致

敬礼！

米歇尔·范·巴什克姆

他把信装进信封里，悄悄地摸黑儿去了克诺伯家。从客厅的窗户望去，里面一片漆黑。米歇尔知道，这是因为他们用黑纸遮光的缘故。他轻轻地敲了敲窗户上的玻璃。不一会儿，大门开了一道缝，克诺伯太太迫不及待地小声问："是迪尔克吗？"

"不是，不是，是我。"米歇尔说。

"噢，是你啊，"声音低落下来，"我还以为……"

"非常抱歉。"

"唉，不是的，孩子。你们肯定也跟我们一样，担心坏了。我能为你做些什么？"

"我这里有一封给营地指挥官的信。您家不是住着两名军官吗？您能不能请他们帮我把信转交给营地指挥官？"

"我不知道。"克诺伯太太踌躇了一下，"这封信得什么时候送到营地指挥官手里？"

"明天早晨之前。得赶在明天早晨……"

"给我吧。我去试试。你等一下……"

她转身上楼。米歇尔听见远处传来交谈声，随后，她回到楼下。

"他同意转交。他明天早晨六点之前就去军营。"

"谢谢您，克诺伯太太。您还是没有迪尔克的消息吗？"

"没有。"

"晚安。"

"睡个好觉，米歇尔。"

"你去哪儿了？"范·巴什克姆夫人问。米歇尔交代了自己做的事。他的母亲抚摩着他的短发。"希望有用。来吧,孩子,我们尽可能睡一会儿吧。"

"不可能。"埃里卡说。

"不管怎么样,我们躺下来。就算睡不着,也休息一会儿。"他们回到自己的房间里。半小时之后,他们三个全都躺在床上,在一片漆黑中瞪着眼睛。

流言一定是从兹瓦恩堡传来的。兹瓦恩堡的一座农场紧邻着军营。挤奶工告诉了送奶工,送奶工在送奶的路上又告诉了十来个人。很快,流言就传遍了整座镇子。那天早晨六点半,军营里传出了枪响。同一时间响了许多声,似乎像是行刑队火力齐开。

整夜没有合眼且精神高度紧张的米歇尔和母亲,以及埃里卡面色惨白地在屋子里来回踱步。他们也同样听说了这则流言。

"我再去一趟军营。"范·巴什克姆夫人说,"我们必须有个准信儿才行。"

事实证明,没有这个必要。

八点钟,她还没来得及去军营,士兵们就在教堂的墙上贴了一则通告。通告上写着,十名人质中有四个人已经在今天早晨被枪决了。假如明天上午之前，杀害德国士兵的凶手还是没有站出来，那么余下的六个人也会经历相同的命运。那四位不幸的人分别是：书记、兽医、校长和一位退休后从城里搬来芙朗克镇居住的先生。这些男人们的妻子都收到了一封盖满公章的信。信是妥妥地送到家里的，里面一清二楚地向她们的证实了她们的丈夫的死亡。德军的管理制度堪称完美。不仅如此，到了下午，男人们的尸体被装在棺材里运回了家。你几乎能听见镇子上空传来充满威胁性的咆哮声，那是压抑已久，随时随地都会爆发的怒吼。没有任何一个德国人敢在这时候单独上街，荷兰国家社会主义运动成员和卖国者们更是躲在家里瑟瑟发抖。在余下六名人质的家里，恐惧主宰了一切。他们的家人很疲倦，全都已经无法清晰地思考。

　　日子日复一日地流逝，1944年11月23号这一天也不例外。又是一个不眠夜。偶尔也会有短暂的片刻，因为精疲力竭而失去知觉。

　　第二天早上六点半，米歇尔起床了。他拉起遮光窗帘。天还很黑，但是，他能看见外面的街道。他一边点燃火炉，一边时不时地向外张望。那是怎么回事？外面走过一群男人，微弱的光芒勾勒出他们的轮廓。走在最前面那个弯腰驼背的不是有钱人希尔特曼吗？他可是剩下人质中的一个啊。

米歇尔冲出门去，直奔那些男人。不错，那个人正是希尔特曼，还有公证员，还有税务稽查员，还有，还有……父亲在哪里？

"我的父亲在哪里？"他一边喊，一边抓住希尔特曼的胳膊。

"孩子，你吓到我了。你是谁来着？"

"他是镇长家的米歇尔。"公证员范·德·胡芬迟疑了一下。

"镇长家的？"

希尔特曼为什么突然变得轻声细语？

"为什么我父亲没跟你们在一块儿？"

米歇尔的声音里充斥着怒火。

"他被枪毙了。就在不到一小时前。我们五个可以回家了，可是他却被他们枪毙了，那些杀人凶手！"

米歇尔松开希尔特曼的胳膊。他默不作声地转过身，朝家走去。家里还有他的母亲和埃里卡。她们听到了他的喊叫声，正惊恐地看着他。

　　瞧瞧吧，德国人是不是这样想的：要是打死这六个人，整座镇子就会叛乱。前一天，我们已经看见了人们脸上的愤怒。我们还是放那五个人回家吧，这样就能安稳民心了。为了维护我们的尊严，我们要枪毙镇长，反正我们也早就信不过他了。这样一来，我们就能重新任命一个合我们心意的人当镇长了。至于镇长正巧还有一个家庭，至于他家里还有一个六岁大的儿子，至于孩子会失去父亲，这关我们什么事？这就是战争。

第七章

　　距离葬礼过去已有一个星期的时间。米歇尔的眼睛比往常愈发凹陷。是他变瘦了，还是因为他的牙关咬得更紧了？他的脸上露出坚毅的表情。尽管母亲还在，而且埃里卡的年纪比他大，可他多少还是觉得自己成了这个家的顶梁柱。怪了，他不再像从前那样害怕德国人了。他下定决心，只要不危及生命，他愿意竭尽所能，让德国人在这场战争中以失败告终。

　　他很清楚，不能直接攻击德国士兵和德方的资产。但是，可以为敌人想要抓捕和追踪的人提供援助啊。因此，他决定，只要还在他的掌控范围内，就一定要让杰克活着度过这场战争。

　　好吧，距离他父亲的葬礼过去已有一个星期的时间。他照例去探访藏身之所。他一如既往地小心翼翼、蹑手蹑脚地靠近目的地。可是，当洞穴的入口出现在他的眼帘时，他没有像之前一样看见英国飞行员眼睛瞪得溜圆，左手举着手枪。怪了，无论他怎么轻手轻脚，杰克总能听见他到来的声音。今天这样的情况还是头一次出现。

"嘘——"他说。

没有回应。到底怎么了？该不会杰克被抓了，他现在正走向一个陷阱吧？他小心翼翼地向内窥探。结果里面的景象令他既松了一口气，又气不打一处来：杰克和埃里卡在一起。

"你这是怎么了？"杰克温柔地问道，"这段时间，你脸色苍白，眼里都是悲伤。"

"没什么，没什么。"埃里卡说，"你不用为我担心。"接着，她又加了一句："你真贴心。"

"喀喀！"米歇尔清了清嗓子，"我好像来得不是时候。"

洞里的两个人立刻蹦了起来。

"安全第一，爱情第二。"米歇尔老成的语气就像是经历过无数次历练一般。

"不好意思，"杰克咧嘴笑道，"我爱她，你懂的[1]。"

"看起来倒像是那么回事。"米歇尔说,"自从战争爆发以来,我做过最愚蠢的事就是把埃里卡带到这里来。"

"为什么?我为什么不能爱他呢?你为什么看他不顺眼?"

"我没有看他不顺眼,傻子。我就是不想你、我和他走父亲的老路。"

"你的父亲是条什么路?"杰克问。

"上个星期,他被当作人质枪毙了。"米歇尔说。

杰克大惊失色。

"枪毙?上个星期?太糟糕了[2]。可怜的姑娘。难怪你会这么悲伤。"他又一把搂住埃里卡安慰她,让她贴近自己左侧健康的身躯。米歇尔觉得这个状况很棘手,可是,由于见过太多坠入爱河的男女,因此,他清楚地知道,与其阻止埃里卡来这里,还不如把这对陷入热恋中的男女拽开。

"喂,"他说,"看在老天爷的分上,你就该偶尔

---

[1]—[2] 译者注:原文此处为英语。

给杰克送些吃的来。"

对埃里卡来说,这样的话语太强势了一些。

"你这个臭小子,"她说,"你怎么跟你姐姐说话的?你可别想做我的主。别没大没小的!"

"我得对他负责。"米歇尔云淡风轻地说。

"的确如此,亲爱的[①],只要迪尔克没放出来,你弟弟就是这里地下抵抗运动组织的头儿。"

"好吧,"米歇尔说,"你每个星期来两次,我来一次。但是你得保证,会非常小心。不对,是保证你会按我说的做。每次换一条路进森林,每次换一个时间,等等。"

"我觉得你小心得过头了。不过,好吧,我会按你说的做。"

"好姑娘[②]。"杰克说。他的意思是她很勇敢。

接下来,杰克和埃里卡看向米歇尔,似乎他的存在很是多余。而他也不愿意留在这里当电灯泡。于是,他便俯下身子,手脚并用地爬上了回去的路。

[①]—[②] 译者注:原文此处为英语。

这天是星期天。过路的异乡人大军暂时地消停了。大马路上空空荡荡。米歇尔站在弧形窗跟前望着大马路。从星期四早晨到现在,家里人都沉默寡言。谁也不想开口说话。只有约赫姆依然叽叽喳喳地闹个不停。仔细听一听,便会发现一阵轻微的轰鸣声逐渐变得响亮。又是轰炸机。这些轰炸机满载着死亡和惊恐,并将它们投向德国的城市。

"真好,"米歇尔嘟囔道,"我希望它们一击即中。"

"想想那些可怜、无辜的女人和孩……"他的母亲说。突然,她想起了曾经的一场对话,同样是这个话题。那时候,父亲还在。"是他们先挑起来的。"他说,"活该。"此时此刻,她有没有因为即将受罪的是德国女人和孩子,便对世界上其他女人和孩子所遭受的苦难变得铁石心肠、无动于衷?她踌躇了。

"快看哪。"米歇尔忽然嚷嚷起来。

大家全都赶过来,瞅着窗外。远处几公里开外的大马路上忽然挤满了人。人们聚集在一起,就像一群蚂蚁,正不断地朝着镇子花园篱笆的方向靠近。而花园里则满是从屋里向外拥的人。"这是怎么回事？"

人群越来越近。就连范·巴什克姆一家也出了门。他们这才看清楚：是男人，成千上万个男人。这些人五六个一排，朝着镇子走来，身上都背着大包小包的。不计其数的德国士兵扛起步枪将他们团团围住，看守他们。可是，士兵却无法阻止这些男人走向花园、拿取食物，也无法阻止小镇居民们给他们递东西。

"那些男人饿坏了。"范·巴什克姆夫人说，"看看他们是怎么扑向那些面包的。你们看见那个男人了吗？在右边，那个高个子后面、围着绿围巾那个。他刚刚从泥巴里捡起一块切片面包，一口塞进嘴里。"

"那些人为什么这么饿呢，妈妈？"约赫姆问。

"我不知道。来吧，孩子，我们把家里所有能吃的东西都找出来。我们今天就先别吃了。"

他们走进屋子，从面包盒子里取出现成的面包切开，从阁楼上取来苹果，从地窖里拿来牛奶，把两根香肠切成段，这一切都完成得飞快。随后，他们带着这些储备的食物回到屋外。与此同时，人群恰好从他们门口经过。那些男人一看见食物，便一窝蜂地拥了上来。一眨眼的工夫，面前的东西就被抢夺一空。

"你们从哪里来？"米歇尔问一个比他大不了两岁的男孩。

"从鹿特丹来。一场突然袭击。德国人把所有能找到的男人全都搜罗来了。呼啦一下，全部带走，说是去德国工作。"

"继续走。"一个德国士兵喊道。男孩的身影消失在人群里。

"这里离军营还有多远？"一个老人问道。

"大概两公里吧。"

"还有那么远啊？！"

"这不是很近吗？"

"我们从鹿特丹来。已经走了整整四天，一口东西都没吃。我走不动了。我不行了。我有胃溃疡，一步都走不了了。"

其实，他可以的。他手提柳条手提箱，再度出发了。在这段穿越镇子的路途中，几十个鹿特丹人逃脱了。他们蹿到大树后面、躲到围观的人群后面、钻到散兵坑里。在芙朗克镇居住多年的退休森林管理员考斯特先生把这当成了一项体育运动。他时不时地夺走某个鹿特丹人手里的手提箱,边夺边吼:"傻大个儿,到我这儿来啊。"看守士兵冲向他,因为他手里拿着手提箱。

"哎哟喂,伙计,我在这儿*,"考斯特先生咆哮道,"我们也有手提箱,你以为你算老几?"

德国士兵没时间细查,只能就此作罢。考斯特先生把手提箱连同它的主人一起送进屋子,随后又为他的解放大军物色下一个受害者。与其说是受害者……不如说是受益人。他用这种办法救出了五个人。战绩显赫。

六千名来自鹿特丹的男孩和男人精疲力竭地历经征途,穿过小镇,消失在铁道尽头的营地里,准备在那里度过这个夜晚。直到后来,人们才知道,他们在那里度过了好几天的光景。

这一天,米歇尔在深夜醒来。他听到房子里传来响动。是他的幻觉吗?周围鸦雀无声。不对,等一下,是不是楼下的门被轻轻地合上了?有人起来了?一定是母亲或者埃里卡起床了。他一个翻身,转向另一侧,想要

---

* 译者注:原文此处为德语。

继续睡。可是,他怎么也睡不着了。一个念头在他的脑海中闪烁:出状况了。有窃贼?

他双脚果断地踩上冰凉的地面。要么当个顶天立地的大丈夫,要么什么都不是。他飞快地下楼,没有制造出任何动静。别踩倒数第三级楼梯,要不然,它会吱吱嘎嘎地响。干得漂亮。他停下脚步,仔细倾听。客厅里传来低沉的说话声。太不一般了。他的心怦怦直跳,可是,他还是毫不迟疑地推开了客厅的大门。

房间里点着四根蜡烛。屋里坐着一老一少两个男人。米歇尔的母亲正坐在地上,给年长男人的双脚缠上绷带。米歇尔一眼看出,他的脚不缠不行。它们粗糙而又布满伤痕。不难看出,门被推开的一瞬间,这两个男人被吓得魂飞魄散。年轻的男人一跃而起,朝着通向花园的门跑去。年长的男人被吓得六神无主,几乎喘不过气来。

"先生们,不要惊慌。"米歇尔的母亲说,"这是我的长子。他跟德国人不是一路的。"

"绝对不是。"米歇尔说。

"米歇尔,这两位先生今天夜里从营地里逃了出来。他们悄悄地潜入镇子，敲了敲我们的窗户，试着碰碰运气。"

"敲得非常轻。"年长的男人怀着歉意说道。

"那时候，我还没睡，您不需要怀有歉意。"

"我们的到来让您置于险境了。"

"我觉得，没那么危险。您又不是政治犯。您只不过是被抓的劳工而已，不是吗？"

男人们沉默了。

"那里难逃吗？"米歇尔问。

"还可以。"年轻的男人说，"那里俘虏太多，看守太少。营地周边没有安装带刺的铁丝网，只有普通的铁丝网而已。不过嘛，我们的德国朋友有别的办法阻止逃跑。傍晚时分，我们才刚刚到达那里，一个男人就越过铁丝网，沿着铁道狂奔。他很倒霉，撞上了巡逻队。你知道他们是怎么对付他的吗？他们给了他一下子。"

"给了一下子？在屁股上踢了一脚？"

"真是这样就好了。我的意思是，他们丢给他一把铁锹，让他在紧挨着营地的路肩上挖一个坑。等坑挖完了，又让他靠边躺下。我们看得一清二楚。真是可怕极了。这时候，原本站在一旁的党卫队军官掏出左轮手枪，一枪打在他的脖子上。军官一副漫不经心的模样，就好像打死的是一只蚊子似的。接着，军官伸出脚，把尸体踢进坑里，又从我们中间派出两个人把坑填上。'那些不知道珍惜我们的好客精神的人就是这样的下场。'这家伙一边说，一边挥着一根棍子走远了。"

范·巴什克姆夫人用手背揉了揉眼睛。

"可您还是逃了出来？"米歇尔说。

"是今天夜里的事。趁着天黑。铁丝网倒是很容易爬。"

"对您的，呃，您的父亲来说也很容易？"

"没错。请原谅我们还没来得及介绍一下自己。我叫……（他迟疑片刻）我叫德·格洛特，这是我的儿子大卫。"

"我是范·巴什克姆太太，这是米歇尔。"

"很高兴认识您。"德·格洛特先生说。

"对我父亲来说，铁丝网不那么容易爬。"大卫重拾之前的话题，"不过，他还是做到了。"

"您冒了很大的风险，"范·巴什克姆夫人经过一番深思熟虑后说道,"有什么事那么重要,值得您就算搭上性命也要逃出来?"

米歇尔聚精会神地盯着两位德·格洛特先生。他们两人的个子都小小的,年轻的男子一头黑发,而父亲的头发已经花白。他还从老德·格洛特先生的话语里听出了一丝口音。

范·巴什克姆夫人收起胶带和纱布。

"这样会好一点儿,波拉克先生,呃……我是说德·格洛特先生。"她说。

两位先生的脸霎时变得通红,就连米歇尔也脸红了。波拉克是典型的犹太名字。显然,母亲看出他们是犹太人,故意装作口误说了出来。不过嘛,当然了,她猜得没错。这两个男人长着犹太人典型的面孔,这也就解释了他们为什么敢逃跑。他们别无选择。假如被德国人发现他们的犹太身份,他们会面临什么样的处境?

年长的先生无助地看向范·巴什克姆夫人。

"您懂的。"他结结巴巴地说。

"这并不难猜。您长得不像能叫德·格洛特的。"

"我们姓克烈尔格卜。我们这就走。我们的到来让您置于险境了,有生命危险。走吧,大卫。"

他们站起身,朝着门口走去。

"您打算去哪儿呢,克烈尔格卜先生?"范·巴什克姆夫人心平气和地问道。

"去上艾瑟尔省。我们认识那里的一家人,他们是如假包换的德·格洛特。我们可以去那里藏起来。"

"您打算怎么过艾瑟尔河呢?每座桥,每座完好无损的桥,还有每艘轮渡都要接受检查。"

"我不知道。"老克烈尔格卜先生说。他又露出了无助的神情,只不过,这一次的无助与上一次有所不同。"大卫和我,我们会想到办法的。"

"您先放心坐下来吧。四个人的脑瓜总比两个人好使。不过,您得先告诉我,您怎么会在马路上被抓。这都已经是战争的第五个年头了,马路上怎么还会有犹太人?我还以为所有带犹太血统的人,不是被关进集中营,就是小心翼翼地躲在某个地窖或者阁楼里。"

"是啊,事赶事就成了这样。"老克烈尔格卜先生说,"您要是有兴趣听,我倒是很愿意说。"

"我当然有兴趣听了。"范·巴什克姆夫人回答,

"现在才三点半。我洗耳恭听。"

于是,老克烈尔格卜坐了下来,讲起了以下这段悲哀的历史。

克烈尔格卜家族史

1890年,伊特扎克·克烈尔格卜在德国出生。那时候,他的名字还是罗森塔尔。他生是德国籍,也深感自己就是德国人。当然,他还是犹太人。1914年至1918年间爆发了第一次世界大战,他进入德国军队为国效力,并在战斗中救了一位年轻军官的命。为此,他获得了德国在战争期间颁发的最高荣誉勋章。战争结束后不久,他结识了一位荷兰姑娘。她的名字叫罗特·克烈尔格卜,和他一样有着犹太血统。他俩结了婚。尽管他们搬去了德国定居,可是她还是教会了他一口流利的荷兰语。他们生下两个孩子——大卫和罗斯玛丽。

1933年,希特勒掌权后,生活在德国的犹太人受到越来越多的排挤和羞辱。报纸把一切不如意的事都归咎到犹太人身上,声称就算是活活踢死他们也不为过。伊特扎克目睹了这一切,他心中的担忧与日俱增,不解也同样日益加重。到了1938年,"水晶之夜"事件爆发。这个事件发生在深夜,德国各地,尤其在大城市里,犹太人的窗户被砸碎,财产被损毁,汽车轮胎被扎破,等等等等。拥有大型家具商铺的罗森塔尔家同样没能逃脱这一厄运。巨大的玻璃窗被砸得粉碎,沙发和椅子座套被割破,光滑的桌面上划痕斑斑。此次事件的发生促使伊特扎克下决心永远离开德国。并不是因为他们蒙受了损失,也不是因为这件事已经发生,而是因为包括他们的邻居、朋友在内的德国民众无一提出抗议,也是因为人们对如此劣行保持了沉默。"因此,我们在德国的生意毫无指望。"伊特扎克说。他带着家人来到荷兰。对于德国,他失望透顶。于是乎,他摒弃了自己的德国姓氏,冠上了他妻子的荷兰姓氏——克烈尔格卜。

只可惜,1940年5月10日,德国入侵了荷兰,并且立即对拥有犹太血统的荷兰人进行了折磨和蹂躏。刚开始的时候,他们被禁止乘坐火车和汽车,被禁止进入电影院等场所,并且被强制在外套上佩戴标志犹太人身份的黄星。后来,他们遭到逮捕,被关进集中营,最终被无情地杀害,就好像他们不过就是屠宰场里的牲口而已。先是成千上万,后是成百万上千万。人们却只敢小声嘀咕:那些人为什么被杀害?因为他们有着犹太血统。这是唯一的原因。简直不可思议。

当然,犹太人也尝试着躲开德国人。他们藏匿了起来,伊特扎克也不例外。他知道自己的家庭正面临着巨大的风险,于是,他与世交福尔曼先生约定,全家人共同迁入福尔曼家的阁楼居住。但他们还是晚了一步。星期一晚上,他和大卫去福尔曼家进行最后一次商谈。就在这时,德国人突袭了他们家,带走了罗特和罗斯玛丽。伊特扎克几乎不抱任何希望:她们生还的可能性约等于零。只有伊特扎克和大卫最后搬进了福尔曼先生家的阁楼,而伊特扎克也一夜间白了头,白得就像达豪集中营营房的颜色。

大约一个星期前,福尔曼家遭到了搜查。德国人早已养成了一种卑劣的习惯:深夜时分出其不意地闯到某家门口,用力砸门,然后进屋抄家。伊特扎克·克烈尔格卜听见楼下传来军靴的蹬踏声,听见有人操着他熟悉的德语咆哮,又听见房东用颤抖的声音说自己没什么可隐瞒的。他知道，自己和儿子会被发现，这一点毋庸置疑。接着，他做了一件十分果敢的事情。他穿上居家服，原本光着的双脚踩着棉拖鞋，便下了楼。他一边沿着楼梯下楼，一边大声嚷嚷，满口纯正的德语。由于他曾在1914年至1918年的战争期间为德国军队效过力，因此，他对士兵们的行话了如指掌。"大半夜的，闹什么闹？"他嘴里接着嚷嚷着，"难道他们不知道冯·勃兰登堡上校在这栋屋子里有个房间吗？难道不知道上校现在就住在这里吗？"希望这群呆瓜能够明白，冯·勃兰登堡上校本人此时此刻就活生生地站在他们面前。

这会儿工夫，他已经来到了楼下屋子里。领队的军士长想要开口说话，而这个怒气冲冲的小个子男人却没给他任何机会。

"您为什么不直接告诉这些人我住在这里？"他冲着福尔曼先生一顿吼。

"抱歉，上校先生。"他的声音很微弱，"我糊涂了。我正睡得迷迷糊糊，就被这些先生用很响的门铃声吵醒了。我……"

"放肆！*"伊特扎克叫嚷起来，"丢人！您叫什么

---

* 译者注：原文此处为德语。

名字，军士长？"

军士长赶忙立正，慌张地说道："军士长迈尔，第三军。"

"我会让您好看的，迈尔先生。"伊特扎克·克烈尔格卜恶狠狠地说道，"现在，您可以退下了。嗨！希特勒！"

迈尔军士长再次立正："是*，上校先生。嗨！希特勒！"

迈尔军士长带着他的人离开了。伊特扎克·克烈尔格卜和福尔曼先生握了握手，沉默了一阵子。他们与集中营擦肩而过，危险暂时消除了。

"厉害啊，伊特扎克。"

"这下，你们也得去躲起来了。"伊特扎克说，"对不起。明天一早，我们就得离开这里，你、你妻子、大卫，还有我。那个军士长一定会回去仔细询问暴躁的冯·勃兰登堡上校究竟是什么人。可我们怎么才能找到新的地方藏匿？"

很快，福尔曼先生就通过他的关系网找到了新的藏

---

* 译者注：原文此处为德语。

匿点。他本人和妻子一同去了家住上艾瑟尔省的德·格洛特家。对于克烈尔格卜父子来说，这段路程太危险了。"不过，假如你们恰好在那附近，那就放心来找我们吧。"福尔曼先生说，"那些人都是心地善良的农村人，一定能给你们安排个地方。"

克烈尔格卜先生和大卫得到了一个位于克拉林根的藏匿点。前往那里的旅途同样充满危险，可是，在这么短的路程中遭到拦截的可能性却不太大。"喂，伙计们，一定要挺到战争结束。很抱歉你们又得搬家了。再会了。"

"感谢你为我们所做的一切。"伊特扎克说，"说到搬家嘛，会走的犹太人总好过只会立正的德国人。祝你好运。"

他们就此别过。但是伊特扎克和他的儿子却被卷入突然袭击。幸好德国士兵没有立刻要求查看证件，他们只是想把所有见到的人都带走而已。这些男人被准许在士兵的押送下回家整理一箱子衣服带上。对伊特扎克和大卫来说，没这个必要，他们随身带着自己的箱子。

就这样，他们行进到了芙朗克镇。一路上，由于其中一名士兵一直盯着他们,所以他们没能找到脱身的机会。也许那家伙心中有所怀疑吧。于是,他们只能等到达营地后再设法逃脱。此时此刻,他们算是成功了。可是,这又能维持多久呢?

"我希望能维持到战争结束。"米歇尔的母亲说,"我们必须制订一套无懈可击的方案,把你们送到艾瑟尔河的对岸。"

"我们把您装扮成费吕沃的农妇,怎么样?"米歇尔提议说,"戴上白帽子,穿上大长裙,再加上紧身胸衣,那就齐活了。"

"那样是过不了艾瑟尔河的。所有人都得接受证件查验。"

"不不不,乔装打扮是为了在路途上掩人耳目,"米歇尔说,"要过艾瑟尔河,我们还得想别的法子。等一下,我有办法了。关卡渡船……"

"怎么说?"

"最近,我刚刚听说了一个有关关卡渡船的美好故事。如果故事是真的,我们就可以万无一失地把两位先生送到河对岸。七点一到，我立马就去弄个明白。"克烈尔格卜先生透过铁框架眼镜看着他。

"夫人，"他说，"您有一个勇敢的儿子。对于您所承受的风险，您自然是清楚的。可他也清楚吗？"

范·巴什克姆夫人把手搭在米歇尔的胳膊上。

"克烈尔格卜先生，要是放在从前，"她说，"我是不愿意让我的孩子们做任何违背侵略者意愿的事情的。我觉得太危险了，况且也起不到多大的作用。跟您说实话吧，我的心里一直有一个疑虑，那就是米歇尔到底有没有遵照我的期望。将近一年以来，我不知道他到底在做些什么。我也一直都很不情愿。但是，在战争年代里，十五六岁的男孩就算是男子汉了，难道不是吗，克烈尔格卜先生？几个星期前开始，我的立场发生了转变。我跟您说过，我的丈夫过世了。事实上，德国人在没有经过审判的情况下，就把他当作人质枪决了。"

讲述这一切的时候，她的声音没有颤抖，眼睛里也没有伤心的泪水。她的双颊因为愤慨而变得通红。她接着刚才的话，说道："我和米歇尔没有把话说破，但是，我知道，从那一天起，我们两个以及我的女儿埃里卡愿意付出一切代价抵抗这种凶残的行径。因此，我允许我的儿子……不对，在如今这样的年代，母亲没资格允许任何事。我同意他全力以赴，帮助可怜人逃脱秃鹫的魔爪，以免他们把整个欧洲夷为一座坟场。"

"谢谢。"克烈尔格卜先生毕恭毕敬地说。

第八章

临近关卡渡船旁有一栋白色的大房子。它属于维迪科·温斯菲尔德男爵夫人。她是一位纤瘦而又高贵的女士，今年六十三岁。同样住在这栋房子里的还有她的女儿、女婿、已故丈夫的兄长、两个未嫁的表妹、一个男仆和两个女仆。尽管家里有好几个男人，可是，谁是这个家的主人却不言而喻，那就是维迪科·温斯菲尔德男爵的遗孀——露易丝·艾迪尔海德·玛蒂尔德。由于她的尊称里带"温"字，所以，人们有时候也称呼她为绵羊。当然，这是背地里的叫法。没有哪个绰号比这个叫法更离谱了。要知道，男爵夫人绝对不是一只温驯、人畜无害的小绵羊。

尽管万般不情愿，可她还是被迫"欣然"接受德国军人在她家驻扎。无论白天黑夜，关卡渡船都要受到五名德国士兵的看守。这些士兵还要每个星期一换。警备司令部下令最先让五个人住进白房子时，满头银发的男爵夫人豁出一米八的纤瘦身躯，表达出强烈的抗议，一时间还引得警备司令亲自"登门拜访"。可是，最终她还是不得不放弃了抵抗。

"好吧，"她操着一口完美无误的德语对指挥官说，"他们可以住进来。但是，他们必须严格遵守这栋房子里的规矩。"

"当然了，尊贵的夫人。"指挥官带着德国军人对贵族无限的崇敬说道，"当然了。我们的士兵训练有素，一定会十分检点的。这一点，我可以向您保证。"

就这样，男爵的遗孀颁布了她的规则。包括仆人在内的同一屋檐下的人们都必须首先遵守这条规则：除了我之外，谁也不许跟士兵们交谈。就算是打破一个杯子，也得由我亲自处理。

士兵们则必须遵守一系列的规则。由于指挥官可能会检查，所以这些规则被逐一写下。每个星期一上午，一旦队伍交接完毕，新来的士兵便获得准许进入男爵夫人的客厅。每到那时，她都会笔挺地坐在椅子上，男人们则恭敬地立正。她直截了当而又不容置疑地历数条条规则：在这个家里，军士有自己的房间，士兵们则睡在马厩里；晚上十点以后不许发出任何声响；垃圾丢在厨房后的桶里……

"三点至三点半之间，日光房供应茶水。三点钟必须准时到。我的人不接受倒班。因此，我希望您和您手下的所有人在三点钟的时候同时出现。日光房够大，容得下所有人。"

…………

她滔滔不绝地继续，宣布更多的行为规则。她的权威就是这么大，连对于德国军人权威的敬畏也只有那么一点点。以至于每一组值班士兵都乖乖就范，三点至三点半之间进入日光房喝茶。显然，就是这么规定的。这也就意味着：三点至三点半之间没有人看守关卡渡船。极少数人知道这件事，他们又把这则消息偷偷告诉信得过的人。每一天，船夫范·戴克都会在三点至三点半之间把满满一船人送去艾瑟尔河的对岸，这些人要么不想被人看见，要么没有有效证件，要么打算偷偷运送些东西。而与此同时，维迪科·温斯菲尔德男爵夫人露易丝·艾迪尔海德·玛蒂尔德正笔挺地坐在日光房里与德国国防军进行交谈。

这天早上,才刚到九点,米歇尔就拜访了男爵夫人。她和蔼地接待了他,向他表示了对他父亲离世的哀悼,言语中还流露出她对德国人行事方式的憎恶。

"那么,我能为你做些什么呢,小伙子?"

"给些信息,夫人。您家离渡口那么近。您能不能告诉我,三点至三点半之间有没有渡船呢?我想要在那段时间里送两个农妇去对岸。"

"两个农妇。"男爵夫人重复了一遍,"你几岁了?"

"十六岁,夫人。"

"你怎么不去上学?"

"没有去往兹沃勒市的交通工具。而且,我的自行车已经破得不能再……"

"不错。所以,你现在专门运送农妇。用自行车驮着她们吗?"

"我希望能从科宁先生那里借到一匹马和拖车。"

"如果借不到呢?"

米歇尔没有回答。他该说些什么呢?

"这两个农妇为什么不从桥上走?"

"因为她们喜欢坐船。"米歇尔回答。他犹豫了一下。毕竟,一方面,他不想泄密;另一方面,他也不想在男爵夫人面前失礼。

"为什么要在三点至三点半之间过河?"

"我听说那个时候是茶歇时间。她们也想在船上喝一杯。"

"这些农妇是什么人?"

"呃……她们叫什么来着,叫巴特尔斯,我记得,没错,就是巴特尔斯,巴特尔斯太太和她的女儿阿尔洁。"

"她们为什么要你送?"

"总得有人送啊。况且,她们的姓名里有个'巴'字,我的也是。这就是我们之间的关联,您懂的。"

"小伙子啊,你该不会是在跟我寻开心吧?"

"不,男爵夫人……我怎么会做出这样的事呢?"

男爵夫人消瘦的面颊上露出一丝微笑。

"你可以在下午一点半的时候到我的车库报到。到时候，轻便马车已经套好，连同恺撒一起整装待发。我想，你应该懂得怎么驾驭马匹吧？渡船三点零五分出发。你最晚必须在七点之前归还我的轻便马车，尤其是恺撒。"

"男爵夫人，这太意外了，我……"

身材修长的夫人站起身来。在她看来，这段对话已经结束了。她高贵地点了点头，打断了米歇尔结结巴巴的感谢。男孩匆匆忙忙地离开这栋房子，内心充满了对这位奇特女士的惊讶。

伊特扎克·克烈尔格卜和他的儿子大卫仔仔细细地把胡子刮了个干净。接着，他们又抹了些粉，遮盖住黑乎乎的胡楂儿。费吕沃地区的服饰是必不可少的。巴什克姆一家从附近信得过的农妇那里弄来了衣服，埃里卡和母亲甚至还急急忙忙地缝了几针。方方正正的白帽子派上了大用场，有了它们，克烈尔格卜父子像极了女人。两人身穿费吕沃服装并排站在一起的场景简直滑稽极了。

"接着。"突然，范·巴什克姆夫人一边喊，一边朝克烈尔格卜先生丢了一个苹果。克烈尔格卜先生出于本能合拢双膝。大多数男人在坐着接东西的时候都会这样，毕竟他们穿的是裤子。

"错了。"范·巴什克姆夫人微微一笑，"如果一个女人身穿大长裙，那么，遇到这种情况时，她会自然地屈膝，用裙子接住抛来的东西。"

"唉，父亲，你做女人的第一回合不及格哦。"大卫露出戏谑的笑容。

"我就是个不合格的女人。"克烈尔格卜先生心怀愧疚地承认，"说不定你比我强点儿，大卫。"

他用烟草卷了一根香烟，朝着大卫的大腿丢去。早有心理准备的大卫屈起双膝，稳稳地用裙子接住香烟。

"在你骄傲地环顾四周之前，"他的父亲说道，"我想先问问你，你知不知道女人是怎么划火柴的。"

"你以为能难倒我？男人划火柴的时候，用中指顶住靠近火柴头的位置，朝着自己的方向划。你看，就是这样。但是，女人划火柴的时候，手指捏的位置更高一些，朝着与自己相反的方向划。"

他用自认为女人的方式沿着火柴盒的边缘划着一根火

柴，点燃手里的香烟。接着，他扬扬得意地环顾四周。

"我很震惊。"克烈尔格卜先生敏锐地说道，"只不过，我还从来没见过哪个费吕沃的农妇抽香烟呢。"

所有人都笑了起来，大卫笑得最大声。

"我父亲最喜欢抬杠了。"他说。

"我们必须提前说好，一旦上路，您绝不能在可能被人听见的时候说话。"米歇尔说，"这不仅是因为您有男性嗓音的缘故，也是因为您不会说费吕沃地区的方言。我最晚七点钟要回到艾瑟尔河的这一侧。所以，我有足够的时间送您一程，而不是仅仅送您过河。您要去的地方在哪儿？您愿意告诉我吗？"

"登霍尔斯特的德·格洛特家。"克烈尔格卜先生马上说。

"过了兹沃勒还有二十公里。"米歇尔说，"我们到不了那么远，不过，还是可以走一程的。让我想想（他算了算），假如您必须步行走完最后的七公里，那么您还是可以轻轻松松赶在八点之前进门的。"

"我觉得，为了确保万无一失，我们还是立刻动身吧。"大卫说。

"没用的。我们要坐的是三点零五分的渡船。"

"就不能提早一班船吗?"

"只有三点零五分那班才安全。至于为什么,等到战争结束我再告诉您。"

"我百分之百相信你。"克烈尔格卜先生说。

一点半整,米歇尔来到艾瑟尔河畔白房子后面的车库里。轻便马车已经整装待发,黝黑、暴烈的恺撒不耐烦地用前腿踢砾石,排解心中的熊熊烈火。米歇尔很紧张。可是,在他接过缰绳的那一刻,他紧张的情绪转化成了自负。马沿着田间小道轻快、笔直地一路小跑,对于缰绳给出的每一个指令,它都能给出敏捷的反应。在米歇尔看来,恺撒不需要训练就能获得全国马术比赛的胜利。米歇尔在田间帮助农民劳作的时候常常驾驶马车。由于马拖着沉重的马车,所以它们行进的速度通常很慢。可是,这次感觉好极了。当两位"农妇"坐进轻便马车后,他觉得自己就像一个大英雄,简直可以跟宾虚*相媲美。当克烈尔格卜先生惊异于飞快的速度,惊恐

---

* 编者注:宾虚是美国作家路易斯·华莱士创作的长篇小说《宾虚》中的主人公。

地抓住座凳，而大卫也说他驾驭起马来十分娴熟时，这种感觉就更强烈了。

只可惜，当他们回到田间小道上时，他的快乐消退了不少。那一刻，他们与察夫特擦肩而过。这家伙行走在路上。当轻便马车从他身旁驶过时，他举手示意自己想要搭顺风车。留给米歇尔思考的时间不过短短的几秒钟。他在心里想：让察夫特跟我并排坐在座驾上问个底朝天？这可绝对不行。因此，他假装没有看见对方。他眼角的余光瞟见察夫特诧异地看着他的乘客们。他大概很想知道，自己明明谁都认识，怎么偏偏没见过这两个女人。他一定很想知道镇长家的米歇尔要带这两个女人去哪儿。当然是去渡口了，田间小道是径直通往渡口的。察夫特是聪明人。啊，米歇尔掂量了一下，靠步行，他准保赶不上三点零五分的渡船。这么看来，没多大关系。我稍后找个借口对付他就是了。

一切都很顺利。行程一帆风顺。他们一个德国人也没有见到。米歇尔问船夫范·戴克能不能六点半送他回去。答案是肯定的。

"那匹马是男爵夫人的。"范·戴克笃定地说。

米歇尔点了点头。他等着范·戴克继续追问，可是范·戴克却选择了沉默。

就连艾瑟尔河对岸的行程也没有遇到任何困难。他们飞快地奔驰了一个多小时。终于，米歇尔说："我得在这里掉头了。我得留点儿余地，以防万一。况且，看样子，恺撒也想跑得慢一点儿。您觉得您能找得到地方吗？"

"绝对行。"克烈尔格卜先生说。

他和大卫下了车，握了握米歇尔的手。

"老天会保佑你的。"克烈尔格卜先生说。他的话和拖手推车的老人说的话一模一样。要不然，还能说些什么呢？

"幸好，等我们走后，你的大部分危险就算解除了。"大卫说，"我希望我们还会再见。再会了。"

米歇尔掉转轻便马车，就连他也觉得回程不会遇到什么问题。可是，他错了。

行驶了大约二十分钟后，他看见行车道的右侧驶来另一辆车，车前还套着一匹马。那是一辆普通的平板车，是农民们用来运送干草和黑麦的。可是，这辆车不寻常的地方在于车上坐着一群手拿武器的德国士兵，而且车后还拴着四匹马。米歇尔知道这意味着什么：针对马匹的突然袭击。这群人是被派出来掠夺马匹的。载着德国人的车在他身后五十米开外的地方掉头追上来。这一刻，米歇尔已经往恺撒身上挥了一鞭。幸好，这匹马依然精力充沛。它重整旗鼓加速前进。

"停下，不许动。"米歇尔听见有人嘶吼。

他该怎么办呢？他回头望去，看见德国马夫正挥着马鞭。他要不要停下？如果停下，那就意味着男爵夫人会失去她的马。她顶多能换回一张纸，通知她，她的马被德意志帝国收走了。这倒是还能有点儿用。另外，他们还会审问他，问他到这里来做什么。他的心中涌起一股不安的情绪。可是，与此同时，他的脸上显现出怨恨和坚毅的神情。这种神情第一次出现时还是在他父亲的墓碑前。

"冲啊，恺撒！"

他听见身后再次传来一阵嘶吼。德国人发现自己追不上他。他们的栗色马根本无法跟这匹暴烈的黑马相提并论。这就愈发勾起了他们想把这匹马占为己有的欲望。其中一名士兵端起枪，朝天开了一枪。米歇尔吓了一跳。他领先的距离远远比不上他们子弹的射程。他看见不远处的左侧有一条岔道，便驱赶着恺撒全速冲了进去，速度之快差点儿让轻便马车翻了车。那是一条森林道路。他目所能及之处全是轨迹，显然，从这里经过的马匹和车辆有很多。再向左拐，然后右拐。这样能甩掉追捕者吗？啊，他看出来为什么常有车辆从这里经过了。农民们正在砍伐矮林，当然要用车辆才能把木柴运回家了。他依然能听到身后传来的德国士兵愤怒的嘶吼声。可是，他已经看不见他们了。往左拐，再往左拐……他发现自己进入了一条死胡同，没法掉头，不由得大吃一惊。

"停，恺撒！"

米歇尔从座驾上蹦下来。他把马拴到树上，溜进了矮树林。要是现在被他们抓住，前景可不太妙啊。他沿着一条小道往前走。是不是有声音？没错，那里有人。先看看那些人的模样是不是信得过吧，也许他能请他们给自己指一个藏身之所。不过还是小心点儿吧，谁知道那是些什么人呢?他跪下身子,悄悄地向前爬去。这样小心翼翼是必不可少的。原来,那些声音真的来自于追捕者。他们与两个正在砍树的农民交谈了几句。两个农民是典型的撒克逊人,头顶着蓝色的鸭舌帽,后槽牙咬着一撮烟草。两人刻意地嚼着那撮烟草,拖延着回答问题的时间,嘴角流下烟草的汁液;两人还挠了挠后脑勺,看了看天空,五官皱成一团,尽可能显得傻乎乎的……简而言之,这些做法给怒火中烧的德国人留下一个印象:这两个人的智商还比不上一头猪。

"你们到底有没有看到那家伙?"其中一个德国人嘶吼道。

"他们说的是刚刚过去的那匹黑马吧,德利库斯?"其中一个农民说。

"绝对就是那匹黑马。"另一个农民说。

"还有那个车,士兵先生说的是不是轻便马车?"

"应该是吧,"德国人跺了跺脚,"快告诉我那辆车去了哪儿。"

"哦,士兵先生是想知道这个啊。嗯,右边。"他坚定地指了指与米歇尔去向相反的方向。德国人心存怀疑地看着他。这家伙说的是实话吗?农民露出了孩童般天真的微笑,只有撒克逊人才能明白其中的奥秘。

"是啊,没错,"德利库斯说,"就是那边。"

"谢谢。"德国人喊道,"冲啊,伙计们。"

他们的身影很快消失在农民所指的方向。米歇尔一路小跑着来到马儿跟前,牵着它向后退了几步跨出小道,蹦上座驾,然后赶忙沿着来时的路返回。当经过那两位伐木工时,他停了停。

"指的是错误的方向?"他喊道。

男人们露出狡黠的笑容。其中名叫德利库斯的那个人抽空伸出大拇指,指了指背后的方向。米歇尔的追捕者们已经消失得无影无踪。

"去追那匹黑马了。"他说。

"谢谢。拜拜。"

"拜了。"

几分钟后,米歇尔回到了坚硬的路面上,重新踏上前往关卡渡口的路。幸亏,他赶上了六点半的渡船。他跟随范·戴克回到河对岸,把马和轻便马车送回到白房子里。他很想感谢一下男爵夫人,可是她却没有露面。

随后,他把自行车蹬得飞快,朝家骑去。当他跨进前院时,他觉得母亲似乎正站在窗口向外张望。假如他的感觉没错,那么母亲一定不想让他知道这种担心。因为当他进屋时,她已经回到厨房里忙碌,并平静地问他是否一切顺利。

"很好。"米歇尔说,"只不过,我在回来的路上被我们的几个朋友追了一段,他们想要抢走我的马。他们甚至还开了枪。不过,是朝天开的。"他一个劲儿地说道。突然,他发现母亲惊恐地瞪大了眼睛。"甩掉他们是小菜一碟。恺撒这匹马真是无与伦比。"

"干得漂亮。"母亲说。她尽可能对他的英雄事迹表现得面不改色,"我给你弄些吃的。"

可是,她还是忍不住在经过他身旁时亲吻了一下他的后脑勺。

眼见着就快到晚上八点钟了,本叔叔来了。他已经几个星期没现身了,所以,他对米歇尔父亲的死一无所知。他一直跟镇长交好,因而十分动容。

"我要是在这儿就好了。"他喃喃地说,"也许我能做些什么。"

"做什么呢?"米歇尔问。

"去突袭军营,或者……唉,算了吧,这根本就不可能。估计我什么都做不了。你们是不是已经知道是谁杀了森林里的那个德国士兵。"

"不知道,当然不知道了。那家伙绝对不会现身。他宁可看着五个无辜的镇民吃枪子儿。"

"太可怕了。"本叔叔叹了一口气。

为了安慰本叔叔,米歇尔讲述了克烈尔格卜先生和他的儿子成功脱逃的事、横渡艾瑟尔河的事和被德国兵追着抢马的事。

本叔叔用力地拍了拍米歇尔的肩膀。他的手劲儿还真重。

"干得好,兄弟,"他说,"假如战争还要持续上一年,你就可以来加入地下抵抗运动组织了。"

米歇尔费了一番力气才忍住没有告诉他,自己正为卷入的秘密事件忙得不可开交。

夜半时分,他被里努斯·德·拉特吵醒。战斗机从他头顶的低空中呼啸而过，大概飞了两三个来回。这个声音简直能令人的心脏停止跳动，浑身的肌肉都做好立刻逃跑的准备。里努斯·德·拉特是鞋匠的儿子。早在战争初期，他就顺利地去了英国。据他父亲所说，他成了一名驾驶喷火式战斗机的飞行员。因此，每当镇子上空出现这种飞机的身影的时候，人们就会咯咯笑道："那是里努斯·德·拉特。"

米歇尔再也睡不着了。他想到了察夫特。他该怎么对付这个人呢？毕竟，他很确信：聪明而又好奇的察夫特不打听到所有的细枝末节是不会善罢甘休的，至少也得是察夫特能相信的细枝末节。直到他终于编出一个有鼻子有眼儿的故事，这才安心睡去。那时，"里努斯·德·拉特"早就在荷兰南部的某座机场着陆了。早在这一年夏天，那里就由解放大军接管了。

第九章

　　第二天早晨,米歇尔决定不动声色地从察夫特家跟前经过,说不定能在那里遇到他。在前往察夫特家的路上,他遇见了博思特玛老师。他的第一反应是扭头就走。他十分确信,博思特玛老师参加了芙朗克镇的地下抵抗运动组织。难道不是他们的行动导致了五个人被枪毙吗?

　　博思特玛先生看出了他下意识的举动,于是径直走到他面前。老师揪住米歇尔夹克上的一粒纽扣,说道:"我知道我多管闲事了,但是,米歇尔,我还是想跟你说——芙朗克镇的地下抵抗运动组织对死在森林里的德国士兵并不知情。这一点,我很确定。"

　　米歇尔羞愧难当。

　　"谢谢您,先生。"他说。

　　"你能不能忘掉这件事是我告诉你的?"

"我已经忘了。"

"好的。"

他们俩分别继续往前走。米歇尔从察夫特家门口经过，但他什么也没有看到。继续往前走了一段路后，他掉头回家。再次经过察夫特家门前时，察夫特正在前院里忙活。

"早啊，察夫特。"

"啊，你好，米歇尔。昨天，你不想看见我？"

"我不想看见您？在哪儿？"

"在田间小道上。你驾着维迪科·温斯菲尔德男爵夫人的轻便马车从我身边匆匆经过。那真是男爵夫人的轻便马车没错吧？"

"是她的，对。"

"我很想搭你的顺风车，可是你没看见我。"

"真是不好意思了。"

"没关系。我昨天要去维尔休尔那里。其实也不太远。对了，那两个农妇……"

察夫特向前迈了一步，凑到米歇尔跟前，压低声音，对他轻声细语。

"……那两个农妇,她们是什么人?"

"是男爵夫人家其中一个女仆的姐姐。"米歇尔说,"她们住在于德尔,你知道的,就在埃尔斯佩特附近。她们今天要去兹沃勒参加婚礼,男爵夫人同意她们乘轻便马车去。所以,阿奥洁就问我能不能送送她们。"

"这样啊,"察夫特说,"阿奥洁自己不去参加婚礼吗?"

"当然要去了。她也一起去了。"

"那就奇怪了。我今天早晨在艾瑟尔河的这一边遇见她了。"

米歇尔的脸色变得惨白。"那,呃,那肯定就是她突然被叫回来了。"他结结巴巴地说。

察夫特抬头望着天空。"阿奥洁的姐姐们该不会碰巧是两个男人假扮的吧?"他不经意地询问。

"不会的,您怎么会这么想呢?"米歇尔说。他试图让自己的声音听起来带着些愤愤不平。

"哦,我就是想想罢了。她们其中一个人的脸看起来很男性化。"

"我该走了。"米歇尔说。

"听好了,"察夫特说,"你大可以相信我。他们总说我不是好人。可是,这些话不是真的。我也得送几个人过艾瑟尔河。假如你有办法,那就告诉我。我向你发誓,我绝对不会说出去的。"

米歇尔感到后背发凉。他没想到这个人这么厚颜无耻。"我不知道您在说什么。我没有什么办法。那就是两个来自于德尔的女人,没什么别的。我也不明白那跟您有什么关系。再见。"

他大踏步地走远了。他总是把事情搞砸,任何事情都不例外。他现在该怎么办呢?

当天下午,船夫范·戴克被捕了。

替代他的人身份不明。男爵夫人被软禁在家里。在她于各类偷渡中所参与的程度被调查清楚之前,她半步也不能踏出家门。看守渡船的德国士兵得到的惩罚并没有公之于众。过去几个月里,因为男爵夫人而被卷入这件事的士兵也太多了!有一则消息却不胫而走:最后一名执行命令的军士丢掉了军衔。

深感愧疚的米歇尔再度猜测自己会被抓去审问。他们肯定很想知道那两个女人被他送去哪里了吧?！每当他从外面回家时,都会感到如履薄冰。他再度因为紧张而吃不下饭,每隔十分钟就要上一次厕所。但一切都再度安然无恙。没有人问起他。没有人对他感兴趣。难道察夫特没有说出他的名字?难道他出于同情,想要保护米歇尔?米歇尔不知道答案。他从没这么希望过美国、英国、加拿大和自由法国的解放大军能取得一些进展。

十四天过去了,调查暂时告一段落。男爵夫人扮演的角色大白于天下,一名德国军士带领两名士兵前来逮捕她。

他们发现门锁着,窗也封着。军士使劲地按响门铃。二楼打开了一扇小窗户,男爵夫人冲着楼下的人喊道:"滚开!"

"我命令您打开门。我是来逮捕您的。"军士一脸严肃地说。

"滚开!维迪科·温斯菲尔德家的人是不可能被逮捕的。"

军士一时间不知所措。他换了一副面孔。"男爵夫人，我请求您跟我一起去一趟指挥部。警备司令想要见您。"

"这么说好多了。"男爵夫人说，"不过，我的回答还是不去。如果警备司令想见我，他就只能亲自跑一趟了。"

"拜托了，男爵夫人。"军士乞求道。

男爵夫人关上窗户，以示回答。

军士能做的只有回去写报告。当天下午，白房子前又来了一名德国军官。这一回，他带来了五个扛着破门锤的士兵。早上的那一幕再次上演。门铃又一次被按响，男爵夫人又一次出现在楼上的窗口跟前。

"如果您不立刻把门打开，我就叫人把它砸开。"身躯壮硕的军官咆哮道。

"您爱怎么做就怎么做吧。"男爵夫人说。

男人们把破门锤抬到合适的位置上，站成一队，抬着它撞向坚实的大铁门。刚撞了一下，便传来一声枪响和一名士兵的惨叫声。他的胳膊中弹了。

"找死啊。*"军官咒骂道。他看见男爵夫人举着枪的身影从阳台栏杆后面一闪而过,"我会要您偿命的。"他冲着楼上吼道。

"打在胳膊上是为了给你们一个警告。"男爵夫人喊道,"下一次,我会瞄准脑袋打。您的脑袋。"

"这人疯了。"军官嘟囔说。在他看来,最安全的办法是马上躲到马路对面的大树后面去。难道他真的要带领着五个士兵一同攻入这栋房子吗?那样的话,可能要以几条生命为代价。况且,司令官说过,要对男爵夫人区别对待。司令官的父亲是一位账房先生。因此,他对贵族有着深深的敬意。这也太说不过去了,总不能为了逮捕一个老妇人而牺牲几个青壮年吧?!要不然从窗口丢几颗手榴弹进去?司令官会怎么想?于是,就连他也决定回去写报告了。他想不出更好的办法,因而心烦意乱。

这一天余下的时光在平静中度过。到了第二天上午十点半,警备司令亲自来了。他彬彬有礼地按响门铃,男爵夫人一如既往地出现在楼上的窗口跟前。

---

* 译者注:原文此处为德语。

"尊贵的夫人，"司令官说，"我恳请与您见面。"

"可以。"男爵夫人回答说，"但是您得放下手枪。"

"遵命。"

司令官摘下系有手枪皮套的腰带。不一会儿，他听见门闩挪动，链子叮当作响。门开了。他走进屋子，看见男爵夫人身穿一件无可挑剔的长袍晨衣，手里拿着一把军用手枪。她挥挥手，示意他沿着走廊往前走，然后小心翼翼地插上大门上的门闩，临了还不忘挂上沉甸甸的链子。

"手枪不错。"司令官的语调比他的内心更为平静。但尊贵的夫人指扣扳机所显示出的冷冰冰的样子令他忐忑不安。

"我的丈夫当过轻骑兵。"男爵夫人一五一十地说道，"我还有一把军用步枪和一把双管猎枪。弹药也不缺。"

"您知道私藏武器是要判死刑的吗？"司令官问。

"我不知道。您请坐。很抱歉，我的仆人在乐室里,所以我没法招待您。"

"在乐室里?"

"没错。其他人也一样。他们都是些胆小鬼。我让他们到乐室去了,并且把门闩上了。"

她疯了,司令官在心里想。她身子笔直地坐在他的对面,枪口不偏不倚地对准他心脏的位置。他丝毫不用怀疑,假如他采取行动,想要夺走她手里的枪,她就一定会扣动扳机。

"夫人,现在是战时。我请求您跟我走。"

"去哪儿?"

"去军营。"

"好让您谴责,然后处决我?"男爵夫人说,"您刚才已经说过,我可能因为持有武器而被判处死刑。更何况,我还拒捕,开枪击中了您下属的胳膊。再说,您还认为我跟关卡渡船的偷运活动脱不了干系。不行,尊敬的指挥官,我决不会让自己遭到逮捕。"

即便心中充满着对贵族的敬意,可是司令官还是渐渐失去了耐心。

"把枪给我,夫人。"

作为回应,男爵夫人给枪上了膛。

"我会派人使用暴力,把您从这栋房子里带走。"

"您昨天怎么没这么做呢?"

"那是我的事。"

男爵夫人站起身来。在她看来,谈话已经结束。司令官愤怒地穿过走廊,朝大门走去,同时心里想着:等她挪动门闩的时候,我就把她手里的枪打掉。但他没有得到这个机会,身材修长的夫人点了点头,示意他自己挪动门闩,取下钩子上的链子。

道别时,他说:"您的行为很愚蠢,尊贵的夫人。"

"跟德意志帝国的各类行径比起来,没什么能显得更愚蠢。"男爵夫人回答。

她微微鞠了一躬,在他身后关上了门。

第二天早晨,艾瑟尔河畔的白房子跟前来了一辆坦克。警备司令亲自随行。他思索了整整一夜,想出了一个配得上男爵夫人身份的解决办法。这个办法尤其配得上面前的这位男爵夫人。他没有从坦克上下来。

"男爵夫人。"他喊道,随即从炮塔里探出他的上半身。

男爵夫人出现在楼上的窗口跟前。

"您投降吗?"

"等一下。"她说。

不一会儿,后屋打开了一扇小门,房子里的所有人都走了出来。所有人,除了男爵夫人。有女仆,有男仆,有表妹,有大伯,有女婿,最后一个是女儿。

"母亲,我们一起走吧。"女儿恳求道。

"然后眼看着我明天早晨六点钟在广场上被那些暴徒枪杀吗?不了,谢谢。我当不了囚犯了。年纪太大。也太高傲了。"

女儿抽泣起来,接着,其他人也抽泣起来。男爵夫人小心翼翼地给门上了门闩。她走到阳台上,手里举着枪。

"司令官!"

"夫人,我听着呢。"

"您能不能记录下来,与我住在同一屋檐下的人统统与这件事情无关?他们之中没有任何一个人跟您的手下说过任何一个字。我,也只有我一个人,对这件事负责。"

"我会记录下来的。"司令官说,"夫人,投降吧。"

男爵夫人举起枪开了一枪,子弹贴着他的头顶划过。司令官赶忙猫下腰,关上炮塔。男爵夫人泰然自若地阔步回到屋子里,朝着偌大的会客厅走去。那里挂着她祖先的画像。

"发射!"司令官下令。

坦克开炮了。二十颗炮弹落在白房子上。房子如同被点燃的火把一般燃烧起来,墙体逐渐坍塌。当整栋房子成了一片废墟,司令官这才下令离开。坦克刚一驶离,男爵夫人的家人、家仆,以及所有在附近目睹了一切的人都一拥而上,奋力救火。一小时过去了,人们才敢小心翼翼地冒险进入烧焦的断墙内。墙壁经过炮弹的洗礼,早已变得满目疮痍。一番寻找后,有了结果。男爵遗孀露易丝·艾迪尔海德·玛蒂尔德,也就是尊贵的维迪科·温斯菲尔德男爵夫人倒在一堆散落的石块底下,身上几乎没有被火烧过的痕迹。她的身上斜挎着一条橙色绶带。如果德国司令官看到这一幕,他一定能从她脸上不屈不挠的表情中看出,在这场战争中德国终将以失败告终。

第十章

时间一周一周过去，又一个月一个月过去。1944年一年之中日照时间最短的日子到来了——12月21日。在这一天夜里，有多少人在暗自沉吟：新的一年真的会带来和平吗？

1月，那是漫长而又寒冷的一个月，没有燃料，也几乎没有食物。大城市里的饥荒变本加厉。很多人因为恶性营养不良而腹部肿胀，一部分人甚至死去。但凡谁还有一丝余力，就会前往东部和北部地区，尽力找些食物，送去有年幼的孩子或是年迈的老人的家庭。可怜的寻食大军越来越壮大，可是，他们行进的速度也越来越慢。人们太虚弱了。

德国人则越来越焦虑，行径也越来越残暴。所有战线都在节节败退。在东线，他们因为苏联军队的步步逼近而遭受失败。在南线，他们的阵地早已是形同虚设。

在西线，盟军解放了法国、比利时和荷兰南部地区。如今，他们继续向东挺进，朝着"老家*"而去，直逼德国。明眼人都看得出来，这场战争将以希特勒的失败告终。

然后呢？盟军会像德国人欺压荷兰、比利时、法国、挪威、丹麦、捷克斯洛伐克，以及巴尔干半岛、北非、近东地区，尤其是波兰和苏联那样，反过来欺压他们吗？一旦集中营被发现，他们将会面临什么样的处境？要知道，在这些灭绝集中营里，成百上千直至成千上万的无辜的人好似一批批虫类一般遭到杀害。

曾经的德国是那么高傲，他们拥有强大的军队，还拥有战无不胜的元首——阿道夫·希特勒。如今，留给他们的还有什么？哦，当然了，希特勒依然坚称能获得终极的、彻底的胜利，坚称自己手里还有秘密武器，坚称日耳曼民族是战无不胜的。可是，还有谁会信呢？在德国军人的心里，苦涩日益滋长。在他们尚且能够坚守的各处，行刑队火力全开。

---

* 译者注：原文此处为德语。

终于，埃里卡壮着胆子拆除了杰克腿上的石膏。她很想把杰克受伤之初为他治疗的那位医生请来。可是，无论她怎么猜想，无论杰克多努力地回忆，他们还是不知道那位医生的名字。这个答案只有迪尔克知道，可迪尔克的父母却收到一条简短的消息，得知迪尔克被关押在阿默斯福特。

埃里卡担心那条腿没有痊愈。石膏被拆除后，他们才发现，原本断过的地方留了一个大疙瘩。这或许没什么稀奇的，可是，那条腿似乎也有一丁点儿不正。当杰克尝试靠它走路的时候，依然感到很疼。尽管如此，他还是坚持每天练习。一段时间过后，他又能走一些路了，只不过，暂时看来，一百米跑是没戏了。这一点是不言而喻的。

他肩膀上的伤也恢复得不太理想。尽管埃里卡尽心照顾，可是，伤口还是感染了。她每个星期换两次绷带，确保伤口的完全清洁。可是，窟窿依旧难以愈合。

"这算是什么医院啊，"菜鸟护士嘟囔道，"床是一堆枯树叶。工具是一把指甲剪和一把削皮刀。"

"消过毒的。"杰克说。

"消过毒，没错。"埃里卡接着说，"可是，毕竟只有这么点儿工具。食物也永远都是馊的，从来没见过新鲜蔬菜，只有凉了的土豆……"

"但是，是用爱心烹制的。"杰克说。

"那倒是。"埃里卡微微一笑，轻轻地抚摩他长满胡须的脸颊。

"喝的只有冷了的茶和乳酪。"

"我不得不承认，我很想来杯威士忌。"杰克吐露心声。除了浓浓的口音，他的荷兰语已经近乎完美了。

"温度是又冷又潮。康复中心……"

"你说什么？"

"康复中心。那是用来锻炼你那只跛脚的地方。长两米，宽两米，还要除去刚才提到的那堆枯树叶占用的地方，外加一把破椅子和一张小桌子。医生更是缺席。"

"其他治疗手段，"杰克说，"是最最好的。"

"就凭这种条件，我怎么才能让你健康起来呢？"

"哎呀，"杰克说，"你得这么想，假如杰克健康了，他就要用尽力气，试着回到英国去。这是写在我们空军守则里的。你还觉得好吗？我当然知道，我是你的大麻烦，但是……"

"不是的，亲爱的。"埃里卡说。对于杰克康复速度的缓慢，她又释怀了几分。

米歇尔经历了一段艰难的时光。关卡渡船和维迪科·温斯菲尔德男爵夫人的事情带给他深深的震撼。他参加了葬礼。和他想法一致的人少说也有一千。于是葬礼成了对男爵夫人表达敬意的示威游行，同时，也是反抗德国暴行的示威游行。警备司令派人送来了一个花圈，似乎表明就连他也想表达一下自己对这位坚强女士的敬仰。

米歇尔站在墓地上，心想：*在这些人里，没有人知道全都是我的错*。牧师勇敢地利用悼词令德国人不安得像热锅上的蚂蚁，可他不知道这件事；维迪科·温斯菲尔德男爵的女儿往母亲的棺材上撒着鲜花，可她也不知道这件事；陌生人送来了系着橙色丝带的花束，丝带上赫然写着"女王万岁"，可就连他还是不知道这件事。最糟糕的就是米歇尔，他不知道自己做错了什么。无论是一开始的聋子贝尔图斯,还是现在,他都不知道自己做错了什么。怎么才能避免这一切的发生?假如此时此刻让他送两个犹太人去艾瑟尔河对岸,他能不能想出一个更好、更安全的办法?他采取的所有行动都出了岔子。各种各样的人因此而陷入困境,只有他本人是个例外。尽管如此,他还是小心翼翼。难道是因为他还是个孩子的缘故?真是因为他的年龄太小,担不起这种责任重大的工作?总有一天,德国人会因为他所犯下的错误而抓捕到杰克。到时候,这一切就结束了。

  米歇尔决定从今往后尽量不再涉足任何危险的事情。显而易见,他的能力不足。杰克那里,他每星期只去一次。余下的就交给埃里卡了。她做得很好,好到超乎想象。而自以为能超越姐姐的他却一无是处,他把所有事情都搞砸了。要不然,把杰克全权交给埃里卡吧?不行,他跨不过心中的那道坎儿。他亲手从迪尔克手里接过那封信,他才是需要对这件事负责的人。他增加了一倍的安全措施,同时为自己可能犯下的错误以及避免犯错的办法而终日惶惶不安,即便这样,他依然每个星期都会去一次藏身之所。

每当米歇尔遇到察夫特时，总会浮夸地把头扭向另一侧。这么一来，这个可恶的叛徒一定就能明白，自己已经知道是谁向德国人出卖了男爵夫人。哪怕察夫特知道了米歇尔在这件事上的态度，也无所谓。只不过，他倒是一次又一次地向德国人隐瞒了米歇尔的名字。如果他觉得米歇尔应该对此感激涕零的话，那么他就错了。

就这样，米歇尔也在这场战争中背负着担子，而这副担子也着实不轻。

约赫姆是一个很有胆识的小男孩。有一天，埃里卡和米歇尔不在家，母亲正在厨房里忙忙碌碌。于是，他决定爬到屋顶上去。上屋顶之前，他经过了哥哥米歇尔位于阁楼上的房间。这本来是不允许的，可是约赫姆从来都不把任何禁令当回事。

当他来到米歇尔的房间里时，竟一时间忘记了自己此行的目的。毕竟，他的大哥哥拥有各种各样有趣的东西，他兴趣十足，哪个都不想错过。哥哥收藏了很多贝壳，有一台古老的电话机，有一束电线，还有一本打开的地图册，翻开的那一页是法国地图。约赫姆把所有东西都摸了一个遍：捏碎了两个贝壳；用铅笔在法国和德国之间画了一条新的国境线；假扮成盟军武装力量的总司令艾森豪威尔将军，跟自己打了一通电话，通知自己他要爬到屋顶上去……随后，一把推开了天窗。

好极了。他踩在床上，轻轻松松地从窗口爬了出去。几秒钟之后，他就来到了排水管里。排水管里有点儿滑，里面有一些湿漉漉、绿油油的垃圾，还有枯萎的树叶。唉，好吧，不管滑不滑，上面的风景太美了，让人忍不住要到排水管里一游。他能看见邻居家的屋顶，这就够他在邻家男孩约斯特面前吹嘘一番的了。他兴致勃勃地转过拐角，那里是房子的侧面，没什么意思。他的对面是镇政府大楼那面光秃秃的墙，一点儿也不好玩儿。他迅速地来到下一个拐角。好了，这下，他来到了临街的一侧。这里还不错。他看见面包师抬头看了看，然后停下了他的手推车。瞧那儿，范·德·恩德老师高举双手从家里冲了出来。越来越多的人聚拢过来，每个人都在大喊大叫。

他们到底要干什么？是不是他们家的大门口有什么东西？约赫姆弯下腰，扒着排水管的边缘向下张望。直到这时,他才看到令人眩晕的无底洞正向他张开血盆大口。太吓人了,如果掉下去,他绝对死定了。他这才明白过来,原来大家的喊叫声都是冲着他来的。

一瞬间,他开始害怕了。他跪下来,紧紧地抱住排水管的边缘。他的下唇不住地颤抖,过了两分钟,他号啕大哭起来。

范·巴什克姆夫人并没有注意到约赫姆。她满脑子都是对埃里卡和米歇尔的担忧。她有一种感觉:他们正在做一些她不知道的事。随后,她的大脑如往常一样,想到了她的丈夫。他已经死了,再也不能和她一起把约赫姆养大成人。可是,约赫姆明明还很需要大人的引导……咦,约赫姆,他跑到哪儿去了?她从客厅找到花园,看了自行车棚,又打开通往地窖的门。

"约赫姆!"

没有回应。

她已经一只脚踩在了通往二楼的楼梯上,打算去那里寻找。就在这个时候,门铃响了。她匆忙摘下围裙,打开门。

"太太,您知不知道您的小儿子在屋顶上?"

她扑到屋外,抬起头向上看,心脏顿时停止了跳动。此时,屋外已经聚集了二十几个人。

"约赫姆,坐着别动。我来接你。"

她真的要去屋顶上营救儿子吗?她连四十厘米高的篱笆都翻不过去,而且,只要爬到椅子上,她的恐高症就会犯。

"那条排水管都快烂成欧楂*了。"一个男人说,"战争期间一直没有维修过,况且,早在1940年,它就已经不太结实了。我告诉你,你会把它踩烂的。"

"妈妈!"约赫姆哭喊道。

"说不定可以上到屋脊,从瓦片上爬过去。"另一个人说,"派几个人到屋脊上去,然后让其中一个爬下去,用绳子去套那小家伙。可是,该从哪儿上去呢?"

"另外一边有天窗。"范·巴什克姆夫人赶忙说,"你们有绳子吗?"

"我家里有。"男人说,"我这就去取。"

---

* 编者注:欧楂是欧洲东南部特色植物的果实,被誉为化"腐朽"为神奇的果中奇葩,其缘由是它可放腐而食。

160

"等不了那么久。"突然,一个人用德语说道,"那个男孩一直晃个不停,这样用不了多久就会掉下来的。太太,我能不能进您家看一下?"

说话的人是一名德国士兵。

"当然可以。"慌乱中,约赫姆的母亲小声说道。

德国士兵把自行车靠在篱笆上,大步流星地走进屋子。他三两步并作一步地上了楼梯,还没用一分钟,他就从天窗里钻了出去。他小心翼翼地爬进排水管里。管子扭曲得变了形。

"烂了,"士兵喃喃自语,"又旧又烂。"

他尽可能贴着瓦片,沿着约赫姆爬过的地方,踩着排水管向前挪。当他来到房子的正面时,下面乌压压挤满了人。先前跟着他跑了一段路的范·巴什克姆夫人这会儿正站在人群中间。天窗阻挡了她的视线,令她无法看见约赫姆。当约赫姆看见有个男人正在向他靠近时,他停止了哭泣。士兵一寸一寸地向前挪动。突然,人群中爆发出一声惊悚的尖叫。那个勇敢的德国士兵穿着靴子的左脚踩穿了腐烂的排水管。他只能把整个身体都扑出去,全身落入排水管里,这才保住了性命。

当约赫姆看到这个陌生男人猛地朝自己扑来时,被吓得魂飞魄散。接着,他感觉有一只强有力的手抓住了他的左腿。这个感觉真是好极了。

"现在,我们一起爬下去。"士兵用蹩脚的荷兰语说。他轻手轻脚地把约赫姆向前推。这回,他们得从房子的另一边绕过去。士兵的左膝悬在无底洞的上空,他牢牢地用脚钩住排水管。

"整根排水管很快就要倒下来了。"底下的男人咕哝说。他之前就已经表达过对板材质量的怀疑了。

范·巴什克姆夫人双手捂住胸口,紧张得简直透不过气来。"救救他,救救他,救救他。"她默默地在心里祈祷。

时间仿佛过了一个世纪。这两个人终于来到了镇长家宅的背面。士兵小心翼翼地站稳脚跟,倚靠着瓦片,托起约赫姆,把他朝天窗推去。不一会儿,小家伙回到了屋子里,扑进来到楼上的母亲的怀抱。很快,士兵也安全了。范·巴什克姆夫人握住他的手。

"我不知道该说些什么。"她结结巴巴地说。

士兵笑了笑,捏了一下约赫姆的脸蛋儿,大踏步地下了楼。

"等一等，等一等。"范·巴什克姆夫人在士兵身后喊道。可是，他已经出了大门，扶起了自行车。人们充满敬意地向两边退去。

"太棒了！"有人说。然而，这赞美声却消散在风中。其他人全都像被吓傻了似的。半分钟后，德国士兵的身影从街角消失了。

"是德国人？"米歇尔感到难以置信，"德国佬儿？"

"是德国士兵。是希特勒麾下之一。是我们民族的敌人。"

范·巴什克姆夫人因为惊恐而变得惨白的脸色还没完全恢复。约赫姆却像没事人一般，几乎已经忘了刚才发生的事情。

米歇尔走出屋子，抬头看了看……他看见被踩烂了的排水管。依然处于惊诧中的少年一边摇头，一边走回到屋里。

"母亲，德国人干吗要那么做？其他人在做什么？

他们只知道站着看吗？您自己又在做什么呢？"

"我知道自己无能为力。你知道我面对需要攀爬的东西时是个什么熊样。其他人都忙着说话、商量，我相信，他们也不敢爬。那也的确是让人毛骨悚然。你有没有看见排水管上被他踩出的窟窿？"

"看见了。真的很危险吗？"

"他没死，简直就是一个奇迹。"

与此同时，埃里卡走进了屋子。她也立即听说了发生的事，第一反应就是去拥抱约赫姆。至于救他命的是个德国人，这倒是没有令她感到惊讶。米歇尔却恰恰相反。对于这一点，他久久不能释怀。

"到底是为什么呢？他为什么要这么做？"

"当然是因为他是个好人啦。"埃里卡说。

"德国人也会有好人？那他来这里做什么？"

"米歇尔，"范·巴什克姆夫人说，"世界上有八千万德国人。不管你愿不愿意相信，这其中就是有好人的。他们也不想见到这场战争的爆发。我们不喜欢德国人，你不喜欢，我不喜欢，埃里卡也不喜欢。可是，对于今天这个德国人，无论你心里怎么想，我们都应该心存感激。"

"说不定他还是行刑队中的一员呢。"米歇尔固执己见。

"我觉得不是。甚至……不,我觉得不是。"

"只要自己不愿意,就可以不进行刑队的。"埃里卡说。

米歇尔默不作声。如果是一股脑儿地憎恨所有德国人倒是容易得多。如今,他不得不在心里承认,这名德国士兵的所作所为比他所有邻居加在一起还要高尚。他望着弟弟顽皮的、白白的小脑袋瓜。如果从十米高的地方掉下来,落到石头上……

"得了,只有这一个。"他嘟囔道,"剩下的七千九百九十九万九千九百九十九个德国人仍旧是杀人凶手。"

"应该更少一些。"母亲说,"好吧,只要在你的心里开了这个先例,以后就会有更多的人。走吧,约赫姆,上床睡觉。"

"我再也不去屋顶了。"约赫姆说,"除非那位好好先生跟我一起去。"

第十一章

　　某个星期三的下午，米歇尔做好了去探望杰克的准备。他往自行车兜里塞了一个背包，背包里装着几片切片面包、两个苹果、一瓶牛奶、一锅煮熟晾凉的红芸豆和一块火腿。这回可一点儿也不寒酸，他在心里想。

　　他蹬着自行车，朝着繁稠森林的方向骑去。他的身后跟着一辆自行车，因此，他并没有直接拐进通往幼松林的小道。在原本应当左转的地方，他向右拐去。骑过了几百米后，他停下车，掉头返回。这一回，坝田路上空无一人。于是，他直行进入森林。他像往常一样，把自行车藏进灌木丛里，然后步行前进。一路上，他一个人也没有遇到。很快，他来到东北片区。他跪在地上，像往常一样，开启了他的匍匐之旅。尽管他手脚并用的本事已经十分娴熟，可是，杰克还是听见了他的动静。飞行员于是站在洞口，等候着米歇尔的到来。

"别害怕,"他说,"这里来了个客人。"

尽管有了思想准备,可是米歇尔还是吃了一惊。那个人不可能是埃里卡。因为自己出门的时候,她还待在家里呢。

"是谁?"

"你自己看。"

他走进洞穴里,看见简易的床上躺着一个人。他的眼睛渐渐适应了周围的黑暗。直到这时,他才看出那个人是谁。

"迪尔克!"

"你好啊,米歇尔。"

迪尔克支起身子。他怎么变成这副模样了?!他的鼻子歪了;一只眼睛深深地陷入眼窝,几乎看不见;左边的脸颊上有一道触目惊心的伤口,嘴巴半张着,显然,他的嘴已经无法完全闭合。

"迪尔克,他们打得太狠了。"

迪尔克努力想挤出一丝微笑,可最终,只是微微咧了咧嘴。

"幸好我没有镜子。"

"你是逃出来的？"

"是啊，跳火车。昨天凌晨。你有没有带什么吃的？我已经整整两天没吃东西了。我昨天在岸边躲了一整天，差点儿被冻死。今天凌晨，我走到这里。确切地说，是爬到这里。"

"确切地说，是摔到这里。"杰克说，"我差点儿一枪打死他。他从云杉树中间杀出一条路，一个人堪比一个步兵团。"

"我差点儿晕过去。"迪尔克说。

米歇尔赶忙打开背包，把食物递给迪尔克。

"拜托，给我些软的。红芸豆，不错。牛奶，好极了。要知道，我的嘴里几乎没有牙了。对不起，杰克，这一回，恐怕大部分餐食都要从你眼前消失了。你吃个苹果吧，反正我也咬不动。"

"没关系。*"杰克说。

"我再多送一些来。"米歇尔说，"来得及的话今天送，要不然就是明天。"

"你觉得，你能再送条毯子吗？"杰克问。

---

* 译者注：原文此处为英语。

"我试试吧。"

迪尔克把所有他能嚼得动的东西全都吃了个精光。

"不好意思,我打扰你了,杰克。"他说,"我吃了你的饭,躺在你的床上。我知道,我就是个累赘。"

"说到底,这个洞还是你的。"杰克说。

"米歇尔把你照顾得很好,是不是?"

"照顾了。"

"他甚至还教会你荷兰语了。"

"他大多靠的自学,看书学的。"米歇尔谦虚地说,"再说,他还从某个叫埃里卡的人那里学了不少东西。"

"你姐姐?"

"很抱歉,她是这里的常客。"

"一点儿也不抱歉。"杰克说。

"是不是通过埃里卡泄露出去的?"

"什么意思?泄露了什么?"

"唉,我们都是被人出卖的啊。"

"埃里卡没有出卖任何人。而且,她是后来才加入的。"

"可我们总归是被人出卖的吧?!那会儿真是一团乱啊。就好比,他们为什么会把聋子贝尔图斯抓起来?这件事还是杰克告诉我的。你让别人看过那封信吗,米歇尔?"

"没有,绝对没有。这一点我很确定。我把它藏在了鸡窝里的一个下蛋坑位底下。可是,你呢,迪尔克,你有没有……他们打你打得不轻。你没有供出贝尔图斯的名字吗?我还以为……"

所有人都沉默了。迪尔克重又躺了下来。他闭上眼睛,仿佛已经精疲力竭。

"他们把我打得皮开肉绽。"他轻声说,"可是,我向你们发誓,我什么也没说。"

变了形的鼻子令他的呼吸变得沉重起来。杰克向米歇尔做了个手势,意思是:**别再烦他了**。"我去看看能不能弄到些食物和毯子。我最晚明天下午过来。"米歇尔低声说道,"你们坚持得了吗?"

杰克点了点头。

"不要去冒不必要的风险。我们能搞定的。"

"好的,回头见。好好照顾他。"

"收到。"

米歇尔立刻行动，尽可能多寻找一些食物。他去了相熟的农民科宁那里，买了培根、鸡蛋、黄油和奶酪；又从面包师手里讨了一个面包。阁楼上的大箱子里还有两块鞍褥。筹集食物几乎花光了他所有的积蓄，给将来埋下了隐患。

只可惜，时间已经太晚了，来不及去森林了。他不得不等到第二天早晨。当次日早晨来临的时候，他的运气不错：母亲带着约赫姆出门去了，要离开一小时。这为他煮鸡蛋创造了机会。他甚至还捎上了一点儿盐。问题在于他怎么才能神不知鬼不觉地带着这么一大包东西进入森林呢？因为带着这些东西骑车出门是一定会引起别人注意的。

他决定把东西拆分成小包。他先是带上了一块鞍褥，往里面塞了些许吃的。他把这包东西藏在目的地附近，也就是往常葡萄之旅开始的地方。随后，他回家取剩下的东西。据他观察，没有人对他表现出超乎寻常的关注。约莫十一点的时候，他费力地拖着两大袋东西爬行在云杉幼苗之间。

看样子，迪尔克已经恢复了一些。他的脸上多了一点儿血色，一只眼睛有了一些神采（另一只眼睛依然闭着）。

米歇尔惊讶地发现，洞里的枯树叶多了一倍。

"这是怎么回事？"他疑惑地问道。

"都是被风刮来的，一阵小旋风。"杰克说。

"真的吗？我们家那边可是风平浪静。"

"如果你非要知道的话，昨天晚上，我偷偷溜出去，趁着黄昏，去了山毛榉林，离这里挺远，弄了一些回来。我向你保证，没有人看见我。"

"你的腿还好吗？"

"很好。"

"恭喜你了。"

"谢谢。"

米歇尔拿出包里的东西。两位年轻男子对他赞不绝口。接着，他们只顾填饱肚子，一个字也不说了。等他们彻底心满意足后，米歇尔说："我遇到麻烦了。"

"我也是。"迪尔克说，"六个麻烦呢。先说说你的。"

"我的钱花完了。尽管这里的农民不是奸商,可我总得为我拿走的东西付点儿钱才行吧。"

"我有一个办法。"迪尔克思索片刻后说道。

"很好。"

"去找我的母亲。总归得让她知道我很安全吧?!别让我父亲知道。他一紧张起来,什么都往外说。就让我母亲去转告我父亲吧,这样的话,至少不会让他知道你与这件事有关。告诉我母亲,我一切都好,但是,出于安全因素的考虑,我现在还不能露面。告诉她,我每个星期都需要一个餐盒,你会设法送到我手上。到时候,她一定会安排得妥妥当当的。"

"好的,我会照做的。"

有那么一刻,他们不知道该说些什么。

"天气怎么样?"

"还可以。多云。"

"比晴天强。尽管你带来了两条毯子,可我们真的经不起霜冻的折磨。这样的天气会持续很久吗?"

"我对天气没有那么多的研究。况且,你也知道,我们早就没有收音机了。"

"我还是自己看天吧。"

迪尔克站起身来,朝着洞口走去。他的腿瘸得厉害,米歇尔不由得咬住下嘴唇。

"他们是不是……"

迪尔克点了点头。

"你能明白吗?我要跟出卖我的那家伙好好算笔账。我告诉你吧。我在斯特罗跳下火车,那里离哈尔德伦不远。哈尔德伦住着我的一个好朋友,我本可以去他那里藏匿的。可是,我来了这里。我下定决心,要查出是谁出卖了我。"

"是察夫特。"米歇尔说。

"察夫特?你怎么知道是他?我觉得察夫特是……"

"察夫特是什么?"

"我不知道。他也许不是什么好人。谁知道呢?我从没想过是他。我觉得,他总是做出一副不是好人的样子来。可我也不知道他为什么要这么做。也许,我说的也不一定对。"

"你说得不对。"米歇尔说,"我有证据。"

"说说看。"

"说来话长。你先告诉我你的故事,说完了我再继续。"

"好的。"迪尔克说,"那我就说了。让我从头讲起吧。"

迪尔克的故事

"那是在战争之初,大概是1941年吧。那时候,我在林业部门工作。我得到一项任务:在这里,在繁稠森林里种植三片云杉林。那时候,我才十八岁光景。尽管战争还没波及到我们这里,可是,我还是出于浪漫情怀决定挖一个藏身之所。谁知道它能派上什么用场呢?如果把它布置在这样一片茂盛的云杉林中间,那么它就不会被人发现了。我没有告诉任何人。即使到后来,我成了地下抵抗运动组织的一员,可我还是把这个秘密藏在了心里。

"当我遇到断了一条腿、肩上有个洞的杰克时,这个藏身之所给我帮了大忙。我先用马车把他送到医生那里。医生就藏匿在这附近的一个地方。后来没过多久，他就遭到了逮捕。至于他从哪儿弄来的石膏，就不得而知了。我猜，那是他自己用胶质、粉笔之类的东西创造出来的。"

"埃里卡觉得那个石膏很奇怪。"米歇尔说。

"无论如何，杰克被包扎好了。于是，我把他拖来了这个洞里。"

"这些我们已经知道了。"米歇尔说。

"是啊，听好了，我不清楚你究竟知道些什么。我们得把故事说完整了，不是吗？"

"是的。"米歇尔说。

"我没有向地下抵抗运动组织透露与杰克有关的消息。"迪尔克继续说道，"要知道，我完全没法确定是不是所有人都很可靠。察夫特曾经就是组织中的一员，或许现在还是这样。他说，他时不时就去找德国人聊聊，为的是扰乱他们的视听。我一直对他的话深信不疑。直到昨天听了你说的话，米歇尔，我才发现自己太容易相信别人了。

"好吧，我没有透露与杰克有关的消息。仔细想想,杰克待在这里的消息也是唯一没有被泄露出去的事。这还真是值得细细琢磨一番。

"去年秋天,我们接到指挥官的命令,去突袭拉戈彰德的集散中心。接到命令的是三个人:我,如今已经死了的威廉·斯朵普,还有一个逃出去的人,我就不说他的名字了。指挥官觉得三个人足够了。他说,除了我们之外,没有人知道这件事。"

"指挥官是不是博思特玛老师?"

迪尔克大吃一惊,两眼直盯着米歇尔。

"你是怎么知道的?"

"猜的。没关系,继续说吧。"

"我猜想,万一任务失败,杰克就会被饿死。如果我把亲手写的信直接交给同样身为地下抵抗运动组织成员的聋子贝尔图斯,那么他就会知道我有所隐瞒。我可不想招惹这个麻烦。因此,我把它交到了你的手上,米歇尔。假如一切顺利,那么贝尔图斯永远也不会知道这封信的存在。据我所知,他直到现在也确实不知道它的存在。

"米歇尔,我一直觉得你是一个文静、细心的人,我认为我可以相信你。"

"的确可以。只不过,我几乎把所有事情都搞砸了。"米歇尔难过地说。

"我相信你。但是,你继续听下去。

"我们到了拉戈彰德的集散中心之后,立即落入了圈套。德国人正在等我们上钩。你知道这意味着什么吗?这意味着我们被人出卖了。可是,出卖我们的人是谁?谁知晓了我们的行动?有我们这三个执行行动的人;有发誓没向任何人透露过分毫的博思特玛老师;还有你——米歇尔。再没有别人了。"

"有没有可能是第三个人,就是逃出去的那个?他明面上逃了出去,实际上却出卖了整套计划。"

"我也想到过这个可能性。但是在我看来,它微乎其微。至于原因嘛,你过会儿就知道了。"

"突袭进行得怎么样?"

"问题恰恰出在这里。按照我们的约定,威廉和我进去,第三个人在外面望风。而德国人却恰恰躲在围绕在集散中心周围的山毛榉树篱旁,这或许是因为他们笃定地知道第三个人会守在大门附近的地方。可是,我们却决定派他绕着那栋楼转大圈,确保附近没有人。因此,当我和威廉来到大门口时,他已经离远了。我们刚一推开大门,德国人就蹿了出来,少说得有十五支枪对准了我们。我很确定,我们不可能逃得了,于是,我举起了双手。可是,威廉却闯进集散中心,跃过柜台,冲进通向后门的屋子,然后试图从窗口逃走。他太低估德国佬儿了。他们已经安排了几个人盯住集散中心的后门,然后'砰砰砰'地打死了他。我听见枪响,可是并不知道发生了什么。与此同时,他们把我塞进一辆装甲车里,咆哮着:'第三个人在哪儿?'

"我跟他们装傻,说自己听不懂德语。反正我也确实不太精通。后来,我告诉他们,我们原本就只有两个人。'第二个已经被我们拿下了。'他们得意扬扬地笑了,然后把威廉的尸体扔上车。我想从座椅上站起身来,看看能不能为他做些什么。可是,他们却打了我一巴掌,说他早就死透了。然后,他们又问起了第三个人。我倒要问问你们:他们怎么会那么清楚地知道我们有三个人呢?"

米歇尔和杰克不知道该说些什么。

"就是被出卖的,这一点,我很确定。他们对突袭计划了如指掌。也许是察夫特。可能他偷听到我们和博思特玛之间的谈话,可能他发现了博思特玛的笔记。我很好奇你有些什么样的看法,米歇尔。我很想知道,我一定要找到确定的答案。要知道,我在监禁期间经历的那些事,那真是……那真是太过分了。欺负我的那家伙一定会受到惩罚的。"

迪尔克用力地吸了吸鼻子,继续讲述他的故事。"他们找了好一会儿,可是,最终还是放弃了。你瞧,如果这件事是第三个人出卖的,他们还会费这么多时间去找他吗?他们带我去了军营,让我等了三天,然后开始审问我。"

"等一下,"米歇尔问,"你的意思是他们没有立刻问到聋子贝尔图斯和地下抵抗运动组织之类的事情?"

"是的,是三天后才开始问的。"

"那他们怎么会第二天就来抓贝尔图斯呢?说实话,我一直以为是你受尽折磨后供出了他的名字。你别生我的气。再说,你也以为我让其他人看了那封信。"

"他们过了三天才问了我一些问题。一开始还客客气气的。德国指挥官看着不像是坏人。他自然很想知道这次突袭的背后是不是有地下抵抗运动组织在策划。我否认了。我说,我和威廉私底下想出了这套计划,然后去执行。他不太相信,可是,显然也不能确定我有没有撒谎。之后,他便问起了第三个人。我又一次否认了第三个人的存在。这一回,他明显能够确定我撒谎了。他说,我最好说出那个人是谁,要不然,他就会把我交给党卫队。他们有的是办法叫人开口。

"的确如此。我被送到阿默斯福特。一开始,他们同样没怎么管我,之后便开启了党卫队的审讯。我每次都得脱个精光,便于他们用厚厚的靴子踹我。

"'名字。'每当我说我们的计划只涉及两个人时,他们就会这样冲我咆哮,把我打倒在地,三四个人一同踹向我的肚子和脸,直到我昏死过去。"

"你没有出卖那个家伙吗?"米歇尔问。他倾听着迪尔克的遭遇,面容惨白。"为什么不说呢?你受得住吗?""我也不知道。"迪尔克说,"每当我缩在铺位上鼻青脸肿、疼痛难忍的时候,我就会想:*我受不住*

了，下一次，我什么都招。可是，当我下一次看见他们凶狠的面孔时，我就又不想说了。

"有一回，他们没有打我。平时负责审讯我的党卫队军官突然间变得和蔼可亲。他说着为我着想的话，告诉我不要说出第三个人的名字，这样我唯一会受到的惩罚就是一年监禁。他表现得太和善了，以至于我差点儿中了他的计。但是，当我想到他们对我做过的一切时，我便坚持守口如瓶。那一刻，他的脸上再次出现狡诈的表情。我在心里想：这下又要挨揍了。可是，并没有。他哄着我，让我穿上衣服。我乐意至极。正当我要穿上袜子的时候，他开口让我再等一等，然后还让我把右脚放到他的办公桌上。我照做了。他掏出一根棍子，轻轻地擦拭起来，柔声细语地问我是不是真的没有第三个人的存在。'没有。'我说，'真的没有。'刚说完，他就用棍子砸烂了我所有的脚趾，然后，还'邀请'我把另一只脚也放到办公桌上……"

"浑蛋！"米歇尔翻着白眼说道。杰克用力地咽下口水。

"算了，"迪尔克说，"我的木鞋偏小，但我还是得穿着。结果是,我的脚趾彻底长歪了。最诡异的地方却是我完全无所谓。毕竟,他们在很长一段时间里都没再搭理我。跟你们说句心里话,相比每隔一天就接受一次审讯,我宁愿断脚趾。

"几天前,我们突然被运走。至于目的地是哪里,他们只字不提。我们被塞上火车。你知道的,就是那种有独立车厢,每节车厢都各自有门的火车。我们每九个人一节车厢,外加一个佩枪的党卫队士兵。我下定决心,但凡出现任何机会,我就试着逃跑。另外八个男孩中的大多数也是一副经受过审讯的模样。如果真是这样的话,他们一定也敢冒险尝试逃跑的。

"火车开动了。不一会儿,我就辨认出,我们正朝着阿珀尔多伦的方向前进。我还知道,往返于阿默斯福特和阿珀尔多伦的火车每每到了斯特罗附近的弯道时就会减速。我们不能大声说话,因此,便交头接耳起来。我提议,等到了那个地方,我们就跳车。我就赌那个党卫队士兵听不懂荷兰语。事实上,他也确实不懂,可是,他毕竟还长着耳朵。我立刻被他的枪柄戳中了肋骨。不过,其他人已经明白了。

"当火车快要开到斯特罗的时候,我们诧异地发现,门被上锁了。"

"你们居然可以随意查看那个士兵看守的门?"米歇尔问。

"那会儿,那个士兵已经……你还是别问了。坐在他旁边的两个来自鹿特丹的男孩已经把他解决了。

"好吧,门上锁了,这简直让我们大惊失色。不用想都能知道,等他们在阿珀尔多伦发现我们和一个死了的德国佬儿在一起时,会怎么处置我们。行了,在紧急状况下,人的潜力是无穷的。有一个男孩赶在火车到达弯道之前,设法用那名士兵的刺刀弄开了门。当火车减慢速度时,我们九个人便挨个儿跳了出去。其中一人撞到了一根柱子上,没能活下来。"

"德国人没有发现?"

"发现了。他们通过车窗朝我们开枪。可是,天色很暗。幸好,火车也没有停。他们一个人都没有打中。

"除此之外,我们的运气就不怎么样了。我们八个人聚在一起商量该怎么办,是集体行动还是分头行事。就在这时候,一队德国巡逻兵从我们身旁经过。太不巧了！铁路沿线自然是经常有人巡逻的，可是，偏偏就在那个时间、那个地点……算了，我们听见他们逐渐走近的脚步声，于是躲进了一道深沟里。可是，他们明显听到有动静。其中一个家伙突然大喊一声：'站住！暗号。'

"他的话音还没落，我们之中的一个——科莱恩就发疯一般地开枪扫射起来。他从前当过突击队员或者伞兵一类的，人很机灵，跳火车时还带上了那个德国佬儿的冲锋枪。他一口气就打死了至少三个人。剩下的德国兵没有选择隐蔽，而是开枪反击。除了科莱恩之外，我们全都束手无策，只能尽量缩成一团。毕竟，我们谁也没有武器。

"'快跑！'他喊道，'我来对付他们。'

"于是，我们沿着深沟逃跑了。我们分头行事，全都找到了安全的落脚点。枪声又持续了好一会儿。至于科莱恩有没有活着逃出来，我就不知道了。不过，在我看来，他是一个天不怕地不怕的家伙，无所畏惧，谁也别想要了他的命。

"至于后面发生的事情，我已经说过了。我在岸边躲了一整天，直到深夜才费尽千辛万苦地回到这里。"

说完这些，迪尔克疲惫不堪。他双手枕在脑袋后面，躺进树叶堆里。

"你是不是基本走不了路了？"米歇尔问。

"勉强还能撑得住。要不然，我也不可能从斯特罗一路走回来。等战争结束以后，说不定可以找一位外科医生把我的脚指头修理好。我的眼睛、鼻子之类的自然而然就会好的。对了，我脸上的伤痕大多数是从火车上跳下来时碰的。我的运气真不是太好。说得够多的了。但这些都是过去式，没那么重要。我倒是很想知道芙朗克的叛徒究竟是谁。"

"我觉得是察夫特。"米歇尔说。

"是吗？那你可得仔细给我讲讲为什么察夫特没有把这里的地下抵抗运动组织连根拔起。说到底，他认识所有人啊！"

米歇尔不知道该怎么回答。

"你想听听我的故事吗？"他问。

迪尔克闭上了眼睛。

"还是明天再说吧。"杰克说。

第十二章

米歇尔没能在迪尔克面前一吐为快。这一天余下的时间里，他满脑子都是这件事。母亲看得出来，儿子心事重重的。可是，她什么也没有问。

这么看来，那些事情，那些可怕的事情都是真正发生了的。他一再地想起父亲。父亲曾说过："每场战争期间都会发生残暴的事情。别以为只有德国人会那么做。荷兰人、英国人、法国人，每一个民族都曾在战争中丧心病狂地杀害和折磨过别人。他们所采用的方式都是我们在和平年代里无法想象的。所以啊，米歇尔，不要被战争中的浪漫情怀误导。不要被英雄气概、牺牲、冲突、冒险中的浪漫情怀误导。战争意味着伤痛、悲痛、折磨、囚禁、饥饿、贫困、不公。没有一丝一毫的浪漫。"

米歇尔肯定没有承受过迪尔克经历的痛苦。他对迪尔克的钦佩之情油然而生。太棒了，至少他已经逃脱了刽子手的魔爪。要尽快让他的母亲知道。米歇尔时时刻刻地留意着隔壁一家的一举一动。当天下午，他看见克诺伯先生出门了，就赶忙跃过树篱。他在后门口见到了迪尔克的母亲。她刚刚把一锅土豆皮放到屋外。

"我来给您捎个信儿。"他说，"我可以进屋吗？"

"捎个信儿？是迪尔克的消息吗？"

米歇尔点了点头。他们一同走进厨房。

"是坏消息吗？你是从哪儿打听到的？"

"是好消息。"米歇尔说，"甚至还是非常好的消息。不过，您必须答应我，您一定会守口如瓶，也不会问我任何问题。"

"好的，好的。"克诺伯太太说。

"迪尔克逃出来了。眼下，他非常安全。"

克诺伯太太一时间忘记了自己的承诺。

"他在哪里？你是怎么知道的？他还健康吗？我能见见他吗？他是怎么逃出来的？他为什么不到这里来呢？"

"当然是因为太危险了。"米歇尔说,"他还算得上比较健康,这就是我能告诉您的全部了。但他需要食物。他想知道,您能不能每星期给他准备一个餐盒。我可以负责送到他的手上。"

"我当然会照做。我还很愿意呢。我总可以把这件事告诉我的丈夫吧?"

"您可以告诉他,迪尔克很安全,但是不要告诉他您是从我这里听到的消息。除此之外,您不可以再告诉其他任何人。"

"我会管住嘴巴的。你只需要告诉我,他在不在芙朗克就好。"

"他躲在吕杰布鲁克的教堂塔楼里。"米歇尔说,"再见,克诺伯太太。千万要记住:不要告诉您丈夫,您是从我这里听到的消息。"

"不会的,我不会告诉他的。我明天就把餐盒准备好。你能不能再多告诉我一点点,米歇尔?我可以去看看他吗?"

"不行,真的不行,很抱歉。可是,这只会更加安全。"米歇尔说,"现在,我该一溜烟地逃走了。"

"再见，米歇尔。谢谢你，孩子。我真的很高兴。"

米歇尔心情欢快地离开了。他坚信，迪尔克的母亲一定会准备很多很多食物，这样一来，也就顺便解决了杰克的食物问题。

第二天是埃里卡去洞穴的日子。米歇尔决定把一切都告诉她。反正，他也没法向她隐瞒迪尔克的存在。因此，他们第二天会一同去洞穴。更准确来说，就是米歇尔先带着迪尔克母亲的餐盒出发，十分钟后再轮到埃里卡出发。

迪尔克觉得身体比前一天好了一些。他坚持让米歇尔把一切都和盘托出。米歇尔一五一十地讲了起来。他原原本本地讲述了迪尔克的信从头到尾去过哪些地方，又简单描述了他想去找贝尔图斯的那一天经历了哪些阻碍，尤其是察夫特跟他一起骑了一段路，也描述了他第二天终于到了燕妮欣面前，恰恰又是察夫特给德国人指了通往德利库斯曼路的路。

迪尔克并没有感到惊异。在他看来，这一切完全有可能都是巧合。但是，当米歇尔讲到关卡渡船，讲到船夫范·戴克被捕，讲到男爵夫人的死，尤其是讲到他此前不久与察夫特的对话时，迪尔克终于相信这一切十分可疑了。

"我们怎么才能证明呢？"米歇尔自言自语。

"很难。"迪尔克认为，"非常难。不管怎么样，米歇尔，我需要你去找指挥官（鉴于埃里卡在场的缘故，他没有说出博思特玛，而是说指挥官，以免让她知道）并且告诉他，让他小心察夫特。你只需要说，这则消息是从老白鸡那里传出来的，你是通过熟人打听到的。"

"就说是从本叔叔那里听到的。"米歇尔说，"他是地下抵抗运动组织的一员。老白鸡，这是你在组织中的化名吗？"

迪尔克点了点头。

他们又七嘴八舌地聊了一阵子。当然，也谈到了米歇尔和埃里卡的父亲的死。

"他们到底为什么要抓人质呢？"迪尔克很想知道原因。

"他们在森林里发现一个死了的德国士兵。就在离这儿不远的地方。"米歇尔说道,"他的脑袋遭到过重击。德国人当然要弄清楚是谁干的。于是,他们逮捕了十个男人作为人质,还通知说,如果凶手没有在24小时之内投案自首,就会把这十个男人吊死在镇中心的栗子树上。当然了,凶手是个懦夫,没有投案自首。最后德国人枪毙了五个男人,其中就有我的父亲。唯一的安慰在于他不是被吊死的。咦,你们怎么了?"

迪尔克和杰克脸色惨白,眼睛死死地盯着米歇尔和埃里卡。

"你们不是早就知道了吗?"埃里卡问。

他们俩谁也没有说话。埃里卡左看看、右看看。突然,迪尔克崩溃了,双臂环抱住脑袋,像一个孩子般抽泣起来。他浑身上下不住地颤抖。杰克走到角落里坐下,双手掩面。

"你们这么激动吗?"米歇尔无助地问道。

可是,埃里卡却有了一个可怕的猜想。她走到杰克跟前,一个劲儿地晃动他的肩膀。

"是不是你们……"

她扯开他捂着脸的双手。他绝望地看着她。

"是不是你们打死了那个德国士兵？"

"是的。*"杰克小声地回答。

埃里卡松开他，就像丢了魂儿似的走出洞穴。但是，即便到了这个时候，米歇尔还是没有放松警惕。他追上去，把她往下拽。

"蹲下。你的头露出云杉外面了。"

埃里卡一屁股蹲下，手脚并用地从枝叶间爬过。米歇尔跟在她的身后。他们找出自行车，并肩朝镇子的方向骑去。一路上，他们沉默不语。

"先别回家。"当他们骑到镇上的街道上时，米歇尔说道，"我们得谈一谈。"

他们经过自家门口，就像约定好了似的，不约而同地前往棚屋。那是田间小道旁一间破败不堪、无人居住的棚子。从前，在埃里卡和米歇尔很小的时候，他们经常结伴玩耍。这里有他们的一个秘密洞穴。他们在这里想出了成百上千种探险方式，还切切实实地实现了其中的一部分。有时候，他们会因为埃里卡忙着跟好朋友们玩耍或者米歇尔不愿意"跟女孩子混"，因而很久都不

---

* 译者注：原文此处为英语。

来。可是，总会有那么一瞬间，他们想要跟对方一起玩耍。每到那时，他们就会来棚屋。

他们上一次来这里是什么时候的事？准是好几年前了。一道铁丝网守护着紧挨在一旁的牧场。他们把自行车往铁丝网上一丢，走进棚屋。这里的一切都和从前一模一样，唯独棚子愈发摇摇欲坠了。

埃里卡走到一个大头朝下、锈迹斑斑的水桶跟前，坐了下来。米歇尔则来回踱步。

"我永远不会原谅他们。"埃里卡说。

"太卑鄙了，"米歇尔很是赞同，"他们明明就该想得到，至少迪尔克应该想得到，一旦被发现，就会发生这样的事情……然而，也不能单凭这样就认定迪尔克是胆小鬼。想想看，他为了不供出第三个人的名字，都经历了什么？！"

"这不能说明任何问题。假如那具尸体被发现的时候，他没有遭到囚禁，也不见得会去自首。他明明就该做完之后立刻自首的。不管怎么说，杰克是可以去自首的。他是个军人，杀的又是一名德国士兵，用不着吃枪子儿。这种行为在军人之间是被允许的。"

"是啊，"米歇尔说，"可是，说不定他们没有想得这么透彻。"

"我不明白你的意思。"埃里卡咬牙切齿地说，"两个月前，你刚刚说过，假如那个家伙落到你的手里，你一定会揍得他东南西北都分不清。可是现在，你却在替他们俩说话。"

"你有什么办法吗？你想把他们交给德国佬儿？"

"你疯了吧？！"

"他们离了我们就会活不下去。如果我们不再去照顾他们，那还不如现在就把他们送去德国佬儿手里。"

埃里卡陷入了沉思。

"我的恼怒不亚于你。"米歇尔说，"我对父亲的爱并不比你少。可是，我昨天刚从迪尔克那里亲耳听到他所经历的事情。半小时之前，我还坚信他是全世界最棒的小伙子。他做了一件蠢事，但是，那不代表他很懦弱或者胆小。我自己也做过很多蠢事。从某种意义上说，我对聋子贝尔图斯的被捕和男爵夫人的死也负有一定的责任。"

"我觉得，你也没有别的办法。"

"你看见迪尔克多么地绝望吗?他真的哭了。"

"这当然是因为他变脆弱了。"埃里卡说,"他彻底崩溃了。他抵抗不住了。"

"不管是不是变脆弱了,你能看得出,他很懊悔。"

"也能看得出,他很愧疚。"

他们沉默了一会儿。

"我们就这么一走了之,他们一定害怕和忐忑极了。"埃里卡突然想到。

"我可顾不上这些。"轮到米歇尔硬起心肠了,"父亲被当成人质的时候,我们也非常害怕和忐忑。"

"那会儿很糟糕。"埃里卡小声地说道,"糟糕透顶。我真的不忍心让别人也遭受……"

米歇尔看着她。他姐姐的好心肠再次占据了上风。

"无论如何,我们可以给他们一个机会,让他们告诉我们到底发生了什么。"他说。

"你是这样想的吗?"

"是的,我就是这样想的。"

"噢。"埃里卡说。

"我们回去吧。"

"现在？"

"要不，让他们先在忐忑之中过上一晚？"

"唉，不了。"埃里卡说。

她挤出一丝惨淡的微笑，站起身来。她握住弟弟的手。"你不是我们这个地下抵抗运动组织的领导吗？我听你的。"

他们蹬着自行车，朝着繁稠森林骑去。他们的行为值得被当成榜样，让那些被复仇蒙蔽了双眼的成年人虚心学习。

迪尔克已经恢复了平静。他呆呆地坐着，两眼黯然失色。不过，他倒是重新拾起原有的淡定。从杰克冷峻的面庞上却看不出什么。

"我们听着呢。"米歇尔说。

"我先说我的部分。"杰克说，"你们知道的，我是飞行员。我驾驶的是喷火式战斗机。我的飞行中队临时驻扎在你们国家南部的一座应急机场，就在埃因霍温附近。那一天，我接到命令，飞去艾瑟尔河的上空，看到机动车辆就一律击毁。刚开始，一切顺利。到了哈特姆，我看见一辆德国小客车。车上的人发现了我，于是从车里逃出来，消失在灌木丛中。烧掉那辆车对我来说是一碟小菜。这费不了多少弹药，我还有足够的弹药可以用。

"可是，到了兹沃勒市上空，就大祸临头了。德国人发现了我，高射炮的炮弹不断从我的耳边擦过。我试着逃离，但是，你们猜得没错，他们击中了我飞机的尾翼。我还算有点儿飞行高度，于是想要试着逃出德军占领区，尽管方向舵已经不太好使。所以，我直直地向南飞。只可惜，我才刚刚飞出高射炮的射程范围，我的发动机就燃烧起来。显然，油箱也被击中了，漏出的燃油引发了火灾。我必须像闪电一样赶快离开，你们懂的。我看见下面有森林。对跳伞者来说，这不太好。但是，我不得不跳，没有选择。幸好，我的降落伞正常打开了。我一边向下飘，一边想：这下要被俘虏了，小杰克。可是，当我没有看到任何空地，下面只有树冠时，我的想法就逐渐变成：这下要变成荷兰小村子墓地上的一个白色小十字架了，小杰克。我落到一棵高高的栎树上。我的一只脚被树杈什么地方挂住了，可身体重心还在往下坠,然后'咔嚓'一声,我的腿就像火柴一样断了。我半吊着,头朝下,挂在断了的腿上。我觉得整个世界颠倒了。真是不好受。

"突然,我惊讶地发现下面有一个德国士兵,就站在栎树底下。他手里拿着手枪,瞄准我。'别开枪!*'我大喊。那个时候,我当然还不会说荷兰语。噢,不对,会也没用,应该说德语才对。不管怎么样吧,那个坏蛋还是开枪了。我肩膀一疼,之后,我想我就失去了知觉。不过,我还记得,我在那一瞬间以为自己已经死了。之后发生的事情我就不知道了。"

说到这里,听得聚精会神的埃里卡和米歇尔同时把目光转向迪尔克。只见他清了清嗓子。

"是啊,"他说,"该我说了。那一天,我正在森林里进行测量,看看哪些地方需要砍掉一些树木,所以随身带着砍刀。我早就养成了留意各种声音的习惯。忽然,我听见一阵响动,还以为是遇到狍子了,就想试试用砍刀去掷那家伙。我是练习过投掷的。一开始只是丢着玩,后来却是认认真真练的。狍子的肉对我们来说是

---

* 译者注:原文此处为英语。

能派上用场的。

"好吧……于是,我尽量轻手轻脚地朝着响动传来的方向匍匐前进。结果我发现一个德国士兵正躺在地上,跟一个我没见过的女孩亲热。谁知过了还不到一秒钟,就发生了一件我意想不到的事情,从头顶斜上方传来树枝折断的声音和一声呼叫。显然,我们三个——德国士兵、女孩和我全都被吓得不轻。那声呼叫一定是你折断腿时因为太疼而发出的惨叫声,杰克。不过,我不得不说,你给我造成的第一印象就是魔鬼亲自降临到我们面前了。

"那个女孩一蹦三尺高,哼哼唧唧地逃走了。我再也没有见过她。那名士兵同样一蹦三尺高。我看见他掏出一把手枪。显然,他觉得自己受到了威胁。接着,我听见一句英语的嘶喊声,一定就是那句'别开枪*'了。那一刻,我马上意识到,这个神奇的、倒挂着的、半掩在降落伞里的老兄必定是盟军部队的一名飞行员,而且肯定是从被击中的飞机上掉下来的。与此同时,那个德国士兵开了一枪,这让我怒火中烧。也许,这个德国人

---

* 译者注:原文此处为英语。

是因为惊恐和慌乱才这么做的，但是，说不定他平时就是一个杀人狂呢？这类人在我们的日耳曼'朋友'中可并不少见。未及多想，当他第二次瞄准目标时，我挥起砍刀，朝他掷了过去。那是我这辈子丢得最准的一次，砍刀不偏不倚地砸中了他的后脑勺。假如他戴着头盔，那就会安然无恙。可是，他在之前的时候摘下了头盔，并且把它扔在草丛里了。于是，他丢了性命。

"我明白自己陷入了可怕的处境。一边是身负重伤的英国飞行员，他正不省人事地倒挂在树上，我得想办法把他从侵略者的手里救出来；另一边是被我打死的德国士兵的尸体，一旦被发现，无须审判我就会被枪决。没错，窝藏敌方飞行员也是一样的结果。我爬到树上，从降落伞上割下一截绳索，用它绑住杰克。接着，我又把它在树枝上绕了几圈，以便我可以缓缓地松开手。但是想要把那只卡住的脚拔出来可真是难上天了。第一，我几乎够不到它；第二，我得先把那条毛骨悚然的断腿抽出来。幸好杰克一直不省人事。

"不管怎么说吧，我把他弄下来了。我用自己的背心做成临时绷带，为他受伤的肩膀进行包扎。等我做完这一切后，他苏醒过来了。只可惜，我们一句话也交流不了。谁让我不懂英语呢？不过，他很明白是我弄死了那个德国佬儿。"

"我明白的不多。"杰克说，"因为我的腿疼死了。"

"你不是冲我做了一个埋葬的手势吗？"迪尔克说，"我很明白，一旦占领军发现有个德国士兵被杀害了，那么整座镇子都会陷入危险之中。我权衡了所有利弊，我发誓，我甚至还想到过自首。可是，直面自己的死亡并不是一件容易的事。

"终于，我找到了一个很好的解决办法。我想：瞧瞧，如果一个盟军飞行员杀了一个德国军人，那就只是一种普通的战争行径而已。镇子上的人也没什么能做的。只可惜，我没法把这些一一解释给杰克。于是，我想到可以用降落伞把尸体缠起来。因为德国人一定会发现，有一架飞机在森林里坠毁。假如他们搜查发现一个死了的德国士兵身上缠着英国的降落伞，难道他们不是应该认为，这个士兵只是一场与英国飞行员肉搏战的失败者吗？我费尽力气，用砍刀挖出一个坑。形形色色的树根阻碍了我的工作，以至于这个坑挖得并不太深。我把包裹着降落伞的德国士兵的尸体塞了进去，又盖上一层土。除了枪，我没有拿走他的任何东西。那把枪就是杰克如今别在皮带上的那一把。"

"我没有听说尸体旁边有什么降落伞。"米歇尔说。

"说不定有人更早发现了他，还把降落伞拿走了。"埃里卡想到，"你知道降落伞的料子有多受欢迎。"

"有可能。"米歇尔说。

"我已经告诉过你我是怎么用马车把杰克送到一位藏匿着的医生那里，之后又怎么费尽千辛万苦把他拖进这个洞穴里的。"迪尔克的故事讲完了，"没过几个星期，我自己就进了监狱。

"现在，你们全都知道了。

"我也是。

"我知道，我应该去自首的。"

几个人之间出现了一道隔阂。这道隔阂既在米歇尔和迪尔克之间，也在埃里卡和杰克之间。听完了迪尔克讲述的那些，"负罪感"这个词好像已经失去了意义。但凡有点儿理智的人，都不会认为杰克和迪尔克对这件事处理得很不得当。尤其是杰克,他的境况太糟了,根本什么都不知道。至于迪尔克嘛……在米歇尔看来,他英勇无畏的行为甚至理应受到勋章的嘉奖。然而,父亲死去的事实却真真切切地摆在他们中间。米歇尔痛苦不堪地想:战争中所有的美好、高贵和英勇,最终都会变质。父亲说得没错:战争中没有任何浪漫可言。

听完了杰克和迪尔克的故事,米歇尔和埃里卡高声断言:这没什么值得指责的;他们姐弟俩刚才不应该不负责任地一走了之;迪尔克处理问题十分得当。如果必须有一个人对这件事负有罪责,那也应该是偷走降落伞的那个人。与其说负有罪责,不如说是不负责任、不顾后果。不管怎么说,那个家伙明明可以告诉德国人,尸体上还缠着一顶英国人的降落伞。然而……

这些都会过去的,埃里卡在心里想,我会慢慢接受的。杰克还是原来的模样,他没有做错任何事。这有什么的?

姐弟俩继续不辞辛苦地为这两个年长一些的朋友送来食物。

"养兔子可比这容易多了。"米歇尔这样说。

第十三章

时光匆匆流逝,就算在黑暗、饥饿、危险的时候,也不例外。1月过去了。2月过去了。从西部赶来的寻找食物的队伍越来越壮大,行进速度也越来越慢。人们都十分虚弱、消瘦。最强壮的那些,也就是年轻男子们,不是被押去了德国就是藏匿了起来。镇上没有任命新的镇长。范·巴什克姆夫人和孩子们依旧住在镇长家宅里。到了每天晚上,房子里都挤满了面容枯槁、精疲力竭的"熟人"。米歇尔依然惦记着那次背叛。这件事在他的脑海里重演了上千遍。他也去找了察夫特上千遍。但他的不确定也浮现了上千遍。

某一个星期天的下午,米歇尔和本叔叔一同出门散步。他们从田间经过,地里长满了绿油油的冬黑麦。他们沿着牧场往前走。牧场上,骤风似乎并没有给刚满一岁的小牛们带来太多的困扰。

"树木发芽了。"本叔叔一边从接骨木上折下一根树枝,一边说,"春天就快到了。是时候了。这个冬天,大城市里的人们遭受了刺骨的寒冷。他们没有煤炭。城市公园里的树木被大量砍伐。木头棚子全被拆了。人们费尽心机,只为了燃起一团火,暖一暖冻僵了的骨头,再煮一锅郁金香球茎汤。"

"郁金香球茎汤?"

"是啊,不错,郁金香球茎成了美味佳肴。你还记得莱顿保卫战的故事吗?那时候被围在城里的人什么都吃:狗、猫、老鼠,差点儿连市长都吃了。眼下的状况还不至于那么糟。不过,也差不多了。"

"是啊。"米歇尔说。人们饿肚子这件事对他来说并不陌生,很少有人像他一样时刻关心着比比皆是的饥饿大军。

"您觉得战争什么时候会结束?"他问道。本叔叔耸了耸肩膀。

"我认识一位女算命师。她已经信誓旦旦地预言过四次希特勒投降的日子。然而,这些日期预言却一次又一次被事实击垮。"

"所有人都说，不会太久了。他们说，盟军已经直奔柏林而去，苏联人也一样。"

"别高兴得太早。"本叔叔说，"你听说过阿登战役吗？"

"没有。那是个什么东西？"

"12月16日那天，德国军队在冯·曼托菲尔司令的指挥下，借助一支坦克部队的力量，在比利时的阿登地区发动了疯狂的反扑。盟军着实被吓得不轻。他们没想到德国佬儿还有那么强劲的力量。幸好，德国人没能攻下巴斯托涅，战斗失败了。要不然，我也不会知道这些。更别忘记他们的秘密武器——V1和V2导弹。那些可恶的导弹越来越多地被投向伦敦。有些人还悄悄说起原子弹。一旦研制成功，这种导弹一定可怕极了。因为他们说，只要一枚这类导弹，就能摧毁一整座城市。"

"难道美国人就没有秘密武器吗？"

"我不知道。希望有吧。"

他们沉默了一会儿。看起来，在本叔叔眼中，这场战争还会持续上好一阵。米歇尔在心里想，那么察夫特或是别的人还有很多时间，用来耍他们肮脏的把戏。

"我希望,"他大声地说出心里的想法,"我能找到辨别叛徒的办法。"

"叛徒?是谁?"

"这个镇子上的某个人。"

"这个人出卖了谁?"

"唉,这不重要。"米歇尔说。

"我也有过类似的经历。"本叔叔说。

"真的吗?怎么回事?"

"那家伙跟我同属一个地下抵抗运动组织。可是,我信不过他。有一次,我假装不小心把一张字条遗留在一个他肯定会发现的地方,字条上写着某个犹太家庭藏身的地方。好巧不巧,第二天,那栋房子就遭到了搜查。"

"那些犹太人怎么样了?"米歇尔问。

"他们当然没在那儿。我特意挑选了一个亲德的家庭。不过,我找到我要的答案了。"

"您后来是怎么做的?"

"这不重要。"本叔叔把这句话还给了米歇尔,脸上露出微妙的笑容。

这个做法给米歇尔带来了启发。他就该用同样的办法去试探察夫特。可他怎么才能把一张字条交到察夫特的手里呢？可以丢在信箱里。只要他偷偷守在察夫特家门外，等察夫特出门后，他就能神不知鬼不觉地完成这件事。察夫特自己一个人住，所以，这完全不成问题。

可是，他又该在那张纸上写些什么呢？尊敬的察夫特先生，我谨此通知您，某太太家里藏有犹太人，此致，敬礼，米歇尔·范·巴什克姆。真是无稽之谈。

那该写什么呢？

看来，他不需要署名，这可以是一张匿名字条。如果察夫特没有任何反应，那就没太大关系。可是，他该让察夫特去搜查谁的家呢？除了察夫特之外，他无法确定镇子上谁是亲德派。

"怎么能确定一个人亲不亲德呢？"他大声地问。

"嗯，"本叔叔说，"这很难说。你是不是跟我提过，这座镇子上有个叫察夫特的人很可疑？"

"是的。"米歇尔说，"可是，我不太确定。"他没有和盘托出，"假设他的家里藏着犹太人，那我永远也没法原谅我自己。"

"嗯。"本叔叔重复道。

他思索了一会儿。

"当然,并不是非得犹太人才行。"本叔叔说道,"你尽可以编些别的。比如,绿十字会的楼里藏着武器。那栋楼就在你们家附近。它不是空着吗?你就放心让德国人去搜查吧!"

尽管米歇尔从没觉得他的本叔叔是个笨蛋,可是,此时此刻,他简直觉得身边的这个人就是个天才。

"太棒了。"他说,"我会给我的怀疑对象送一张匿名字条,到时候,我们就等着瞧吧。"

本叔叔侧过身看着他。

"唉,年轻的朋友,"他问道,"我不想多管闲事。可是,你不觉得你还太小,不该管这类事情吗?"

"我不小了。"米歇尔愤愤不平地说,"我十六岁了。"

"真是吓死我了。"本叔叔说,"伙计,你好老啊。你的鬓角都白了呢。难不成,这是你刚刚晾干的胎毛?"

听到这里,米歇尔朝着一棵大树的树干猛踢一脚。

他的本叔叔刚好从树下走过,水珠如雨点一般,悉数落在了他的脑袋上。

一到家,米歇尔就着手做这件事。失败了几次之后,他用歪歪扭扭的字迹在纸上写下这么一段话:

告诉侵略者,绿十字会的楼里藏有武器。
W.

署名的W.是为了让这一切看起来更加真实。它没有任何意义。他原想让本叔叔看看这张字条,可是,本叔叔突然遇到了急事,马上要走。算了,这样更好。别人知道得越少,自己就越安全。

第二天早晨,米歇尔朝着察夫特家走去。他本打算在距离目的地一百来米的地方找个灌木丛躲起来先观察一下。但是,运气真好。当他路过杂货铺时,恰巧看见察夫特在店里。真棒。趁着他还没买完东西,赶紧走。当他来到察夫特家门口时,匆忙地环顾一下四周,没有看见任何熟悉的面孔。充斥在街上的只有比比皆是的异乡人大军。他快速越过栅栏,十秒钟后,那张字条便安安静静地躺进信箱里。就算他被邻居发现了,也没什么关系。反正谁也不搭理察夫特。大家像躲传染病似的躲着他,对他避之不及。

之后便开始了漫长的等待。起初的二十四小时里,米歇尔的目光几乎无法离开绿十字会的楼。只要他在家,就时不时地走到窗口看看有没有发生什么事情。并没有。那栋楼孤孤单单、纹丝不动地耸立着。整整一个星期过去了,一切如旧。没有德国人愿意费事瞥它一眼。我还是什么都不知道。米歇尔想,要么就是察夫特不是叛徒,要么就是他识破了这个圈套,没有上当。这期间,本叔叔来过一趟,问起米歇尔的计划进行得怎么样了。"失败了。"年轻的下套人沮丧地回答。他也就此打住。

又是一个星期过去了。在这个星期的时间里,除了人们早就习以为常的异乡人的悲惨境遇和盟军对德国军营轰炸的失败(炸弹无一例外地落到了农场上)之外,并没有发生任何不寻常的事情。然而就在这个时候,距离米歇尔把字条塞到察夫特家的信箱过去整整十五天后,这一刻终于到来了。一天下午,德国人来了。一辆装甲车开到绿十字会的大楼跟前停了下来,车上走下五名士兵,踢开大门,闯了进去。米歇尔在客厅里目睹了这一切的发生。

"你看见什么了?"母亲问。

"绿十字会的楼遭到了搜查。"

范·巴什克姆夫人凑到米歇尔身旁,和他一起向外张望。

"他们去那儿干吗?那栋房子已经空置三年了。"

"我也不知道。"米歇尔说。然而,他的语气里充满了得意,以至于母亲忍不住抬起头看了看他。

德国士兵在楼里待了半小时,之后,他们回到装甲车里,掉头离去,留下一扇半敞着的大门。

我明天就去找迪尔克,米歇尔在心里想。在这之前,他没有跟他的好朋友提起过任何有关这个下套的事,而是想等事情办成了再说。好吧,现在是时候了。察夫特是一个阴险的卖国贼,这件事已经毋庸置疑了。迪尔克该好好想一想,怎么跟察夫特算这笔账。

一群进步女士在芙朗克镇成立了一个援助委员会。她们竭尽所能地为异乡人大军中最可怜的那些人提供帮助。假如有人晕倒了，再也走不动了，那么这个人就会被送进只有六张床的应急医院。在那里，他能得到悉心的照料。那里的大多数工作都是由埃里卡完成的。她在委员会成立了一段时间之后才加入这个组织，不过，鉴于她有时间，而且既年轻又强健，甚至还懂得一些护理知识，因此，她很快就成了这个女性援助委员会的顶梁柱。借着这个机会，整整一个冬天，她源源不断地从委员会有限的储备中顺走为杰克包扎用的材料。这么看来，一切都恰到好处。

女性援助委员会还做了另外一件事，将俱乐部礼堂改造成了"旅馆"。地上铺了稻草，到了晚上，所有无家可归的人都可以在这里过夜。每天晚上的七点到八点之前，埃里卡都是在礼堂度过的。她和另外几名急救人员一起挑水泡、清溃疡、包扎伤口。米歇尔常常接她下班。这么做有两个好处。一是动力灯可以更多地留在家里，二是埃里卡用不着孤身一人在街上穿行。

后来，每当米歇尔回想起这场战争时，他的脑海中常常浮现出那个礼堂，浮现出蜡烛旁忙着包扎的急救人员和黑暗中的呢喃之声。那个地方笼罩在一种十分独特的氛围里。一面是灾难带来的悲伤氛围，另一面却是友情和集体带来的一整夜的安全感。

小小的舞台上有一束亮光，埃里卡就在那里完成她的工作。除了这一个地方之外，整个礼堂里黑漆漆的。稻草发出轻微的沙沙声，像是在提醒，这个地方还有人。但是，没有人出声。人们似乎只是在用自己的呼吸和这种沙沙声回应着一切。

米歇尔一直有一种感觉：*礼堂里的人过得十分满足*。为什么会这样呢？是因为长途跋涉已经让他们筋疲力尽，此刻终于能将无尽的辛劳交付给稻草了吗？还是因为他们个个都过得艰难吗？他们不都饥肠辘辘吗？！背井离乡，明天天一亮，他们又要辛苦跋涉、躲避飞机、重新思考哪里才能找到一个过夜的地方。真神奇啊！父亲说的一点儿不错：战争意味着饥饿、眼泪、贫困、惊恐、痛苦……可即便如此，在这个礼堂里，米歇尔觉察到，战争能教会人们很多事情，同时这场战争也会教给他一些让他终身受益的东西。

就在绿十字会的楼遭到搜查的这天晚上,正当米歇尔打算去接埃里卡下班的时候,门铃响了。他打开门,原本以为站在门外的人一定是某个异乡人,不想却是察夫特。

"你好……你好,察夫特。请进屋吧。"他结结巴巴地说。

"不了。"察夫特说。

"我能为您做些什么?"

"听我说,"察夫特说,"你往我家的信箱里丢了一张字条。我不知道你为什么要那么做,可是,我很不喜欢。今天下午,绿十字会的楼遭到了搜查,不过听说没有搜出任何东西。"

"您怎么会这么想?怎么会认为是我往您家的信箱里丢了一张字条呢?"

"我知道的。"

"您是怎么知道的呢?"

"这你不用管。也许你怀疑我是叛徒。但我不怀疑你,所以,楼里没搜到任何武器,我一点儿也不觉得惊讶。我向你保证，我从来没有向德国人出卖过任何情报。"

"可是……可是，对绿十字会的楼发动的突击搜查……为什么会有突击搜查呢？"

"这就是问题所在了。"察夫特说，"你会通过这件事得出结论。不过是错误的结论。我不知道为什么那栋楼会遭到突击搜查。但是我知道另外一件事：我把你那张愚不可及的字条丢进了火炉里，也没有跟任何人说起过字条上的内容。任何人都没有。听明白了吗？"

"没有……呃，有。"米歇尔吞吞吐吐。

"再见吧。"

察夫特气呼呼地一抖肩膀，转身消失在黑暗之中。

米歇尔没有去接埃里卡下班，而是回到阁楼上的房间里，思索了起来。他久久地坐在床沿上，看着无尽的黑暗。这是他第无数次陷入不确定和不理解的状况之中。察夫特怎么知道那张字条是他放进信箱里的？这件事不是没人知道吗？！就连本叔叔都不知道他的怀疑对象是察夫特。可是，他明明很确定察夫特当时在杂货铺里啊?！是邻居，还是某个路过的人看见了他？他明明环视了四周，一个人也没有见到啊。当然，他可能会犯错，可是，这个可能性实在微乎其微。如今已经没有人搭理察夫特了，这家伙总不可能举着那张字条，挨家挨户地问住在附近的人有没有看到是谁送来的吧?！那样做也太不实际了。

难道自己真的是个大笨蛋？似乎他做的一切事情都失控了。而这些事恰恰全都发生在他米歇尔的身上。人们不是总说他守口如瓶吗？父亲和母亲不是说过，他刚满四岁的时候就已经学会保守秘密了吗？埃里卡不是也成天抱怨他"什么都不肯说"吗？尽管如此，他做的一切事情却在所有人的眼里似乎都是一清二楚、一目了然、一览无余的。唉，至少，在察夫特的眼里是这样的。难道这个男人会眼观六路？难道他有千里眼？

显而易见的是他的这次试探失败了。因为心里存有这么多问号，他实在无法言之凿凿地告诉迪尔克：察夫特是叛徒。他消沉地走下楼去。

"刚才是谁来过了？"母亲问。

"圣诞老人。"米歇尔气不打一处来。

"唉，米歇尔……"

"别生气，母亲。是一个找地方过夜的异乡人。我让他去援助会礼堂了。"

如今，撒谎对他来说简直就是信手拈来的事，连眼睛都不用眨。

"你能去接埃里卡下班吗？"母亲问，"她没有动力灯。"

米歇尔看了一眼手表，时间还来得及。

他匆匆忙忙地出门了，狠狠地按压着动力灯的手柄，仿佛这么做能改变一切似的。

第十四章

十天过去了。这一天是4月1日,但谁也没心情捉弄别人。接着是4月2日。4月3日。关于盟军先遣部队的传言越来越让人乐观。希特勒什么时候投降?能够确定的是战争已经接近尾声。

对于米歇尔和埃里卡而言,他们需要想方设法说服杰克不要回到自己的飞行中队去。杰克如今每天都坐立不安,觉得自己又能活蹦乱跳了。春天在他的心中蠢蠢欲动。在这么一个地底的洞穴里度过一整个冬天可不是什么微不足道的事。

"我得重新加入到战斗中去。"他说,"我敢打赌,没有我,他们是搞不定的。"

"你为什么要去冒这样的险呢?战争已经临近结束了,所有人都这么说。"米歇尔争辩道。

"你就乖乖地和我们待在一起。"埃里卡说,"我们还得一起欢庆解放呢。我还想带你去见我的母亲呢。"

可是,杰克却一心只想离开。他的脾气越来越暴躁,做事也越来越粗枝大叶。有一天,他来到云杉林外,躺在一株灌木底下等待米歇尔的到来。当米歇尔听到一声低沉的"举起手来",又看见一支枪穿过灌木丛瞄准自己时,他简直快要吓得心脏病发作了。

"哈哈。"杰克笑了起来。

米歇尔大发雷霆。

"这一点儿也不好笑。"他说,"我们现在不是在英国的军事训练场上玩童子军的游戏。就在昨天,又有十二个人在哈尔德韦克被枪毙。战争还没有结束。随着时间的推移,德国佬儿反而越来越多地体会到枪杀人质和政治犯的乐趣。"

"对不起。"杰克深感愧疚。

通过这桩事情,米歇尔意识到,杰克越快离开越好。他跟埃里卡商量了这件事。一开始,她听不进去。可是他一再坚持,还说杰克可能会因为忍受不了一直待在洞穴里而做出蠢事来,她终于改变了想法。

"可是，要怎么做呢？"她问，"我们怎么才能把他平安送回他的基地呢？先说说，我们怎么才能把他平安地送到河对岸呢？"

"本叔叔。"米歇尔说。

"本叔叔？"

"他是地下抵抗运动组织的一员。他跟我说过，他专门负责给英国的飞行员安排撤退路线。当然，还有美国和加拿大的飞行员。反正，他从前就是做这个的。那时候，还得从西班牙绕道或者坐船横跨北海。我猜，他一定有办法把杰克送到北布拉邦省去。"

"你有没有跟他提起过杰克？"

"没有。之前一直没有这个必要。现在，形势变了。他一来，我就跟他说。"

"也只好这样了。"埃里卡顺从地说道，"我很希望杰克能在这里待到解放的那一天。可没办法了。"

一个星期之后，本叔叔来了。米歇尔立刻询问了他。本叔叔皱起了眉头。

"年轻的朋友，你说的是你藏了一名英国飞行员？"

"就是我说的。"

"多长时间了？"

"半年多。"

"你怎么找到他的？"

"我认为没有必要告诉您这一点。"米歇尔说。

本叔叔的眉头皱得更紧了。

"好孩子，你清楚自己说的话吗？你要我帮你运送一个英国飞行员出去。德国人要是抓到我，会毫不留情地毙了我的。我总有权利先确认那个人的飞行员身份吧？确定他不是德国人伪装的。你说是不是？我有权利知道他从哪里来、坠落在哪里、至今为止接受的救助、他认识哪些人，等等等等。"

"是的。"米歇尔迟疑了一下。

长久以来，他早已养成了不到万不得已的时候只沉默、不说话的习惯。这个习惯引起了他的抗拒。然而，他也明白，本叔叔的要求十分合理。他不情不愿地说出了杰克和迪尔克的事。但是，关于迪尔克用砍刀杀死德国士兵的事他只字未提。他说了迪尔克把飞行员藏在某个地方，并且一直照顾他；他也说了那封信和迪尔克被捕的事；之后，还说到他自己在这些事情中所扮演的角色，以及埃里卡扮演的角色。

本叔叔伸出一只手搭在他的肩膀上。

"太厉害了。"他说，"我为你感到骄傲。"

米歇尔脸红了。至今为止，他最常想到的是自己犯的错误。他从没想过，自己的行为也很值得赞扬。

"那个藏身之所在哪里？"本叔叔问。

"您先把撤退路线安排好之后，等到临行前的最后一刻我再告诉您。您不觉得这样做比较好吗？您也冒着被捕的风险。所以，您知道得越少越好。"

本叔叔的脸上露出了赞许的笑容。

"孩子，跟你的年龄相比，你表现出了过人的成熟。"他说，"大多数人都是大嘴巴，但凡做了什么事，恨不得要让全天下的人都知道。我想，他们是想证明自己的价值所在。具备坚毅性格又足够自信的人就没有这样的需求。他们能够自我肯定，不在乎别人给予的是掌声还是驳斥。我这就着手准备起来。你得帮帮我才行。那名飞行员穿的什么衣服？"

"破破烂烂的军装和一件旧到不行的外套，总之就是破衣烂衫。"

"他得换上一身不起眼儿的衣服才行。你能给他提供一套吗？到你父亲的衣柜里去找找。"

米歇尔点了点头。

"我的手提箱里有一台照相机。"本叔叔继续说道，"你会拍照吗？我来教你。我需要他的一张证件照，用来给他伪造身份证件。"

本叔叔取出照相机，仔仔细细地给米歇尔讲解如何用它拍照。他每说完一点就让米歇尔重复两三遍，直到他确信这个冒牌侄子不会犯一点儿错为止。

"你能确保明天下午之前把照相机还给我吗？"

"应该可以。"

"很好。我应该用不着提醒你，拍照时要让那名飞行员穿便服吧？"

"嗯，"米歇尔说，"幸好您提醒我了。"

"星期三拍照。"本叔叔喃喃自语，"星期四洗照片，周末可以赶制证件、安排撤退路线。让我想想，这么说来，我应该星期一就能把他送到某个联系人那里去。之后，他会进一步被安排。"

"星期一就走。"米歇尔心头一颤。

"应该是的。"

米歇尔立刻行动起来。父亲的衣服很大,杰克太瘦,穿不了。没关系,找一件看上去偏小一点儿的运动外套,再给裤子系上一条皮带,应该可以过关。毕竟,那么多人都在战争期间变瘦了,穿得松松垮垮的也不是什么稀奇事。正当他在衣柜里翻腾时,恰好被母亲撞了个正着。她在门口停下了脚步,看见衣服被摊在床上。她刚开口说了声"你在干……"便改了主意,转过身走出房间,还轻轻地关上门。一瞬间,米歇尔明白,原来自己跟母亲很像。她也善于保持沉默。只不过,母亲的沉默是"不问",这比他的"不说"更难做到。

照片拍得十分顺利。得知自己星期一就能离开这个洞穴的消息,杰克兴奋不已。而即将到来的危险也让他热血沸腾。迪尔克的心里涌上一股醋意。他的身体也恢复了不少,一心想要尽快参加行动。只可惜,他走路还很困难。如果他在这个时候去地下抵抗运动组织报到,非但帮不上忙,反而还会成为大家的负担。

"你的那个叔叔,"他问米歇尔,"他知道自己在做什么吗？他之前做过类似的事吗？"

"他已经做了很多年了，"米歇尔说，"如果说，有谁能做得无懈可击的话，那就非他莫属了。"

想到离别的星期一，米歇尔决定让埃里卡带本叔叔去藏身之所。姐姐和杰克之间的关系终究不同于他和杰克的。当然他的内心经过了一番挣扎。然而，当埃里卡听说杰克要离开时，她悲伤的面庞最终迫使他做出这样的安排。

星期天，他去和杰克道别。

"一解放，我就来看你们。"杰克说，"还有，米歇尔，感谢你救了我。"

"要来啊，要来啊。"

"一定的。要不是迪尔克、你，还有埃里卡，我是活不过这场战争的。"

"再见了，杰克。听本叔叔的话。"

他们的手紧紧握在一起。米歇尔蓝色的眼睛和杰克灰色的眼睛相互交织。再会了。

转眼到了星期一。本叔叔和埃里卡刚刚出门。他们步行出发，会徒步前往云杉林，在那里接上杰克。埃里卡只需要指路就行了。之后，她会同他们道别，往相反的方向走。本叔叔和杰克则会混迹在异乡人之中，步行穿过镇子。他们专门挑选大白天的时间，就是为了不引起任何人的注意。万一他们被截住了，杰克就会亮出他的假证件，然后一个劲儿地结巴。本叔叔会借机解释说他有严重的口吃。这样肯定就能过关了。

米歇尔来到自行车棚后面劈柴，时不时就抬头望望教堂塔楼上的钟。时间一分一秒地过去。这会儿，本叔叔和埃里卡应该已经到达云杉林了。不对，应该没这么快。4月的阳光照得他的脖子暖暖的。他把斧子放到地上，背靠着自行车棚，坐在墩子上。整个冬天，他都被紧张感和繁重的工作包围着。此刻，疲倦感在他的身体里蔓延。现在，他卸下了照顾杰克的重担。有安心，也有思念。

他闭上眼睛，面朝阳光。暖洋洋的，太舒服了。他是在打盹儿吗？突然，他听见约赫姆的声音，不由得一惊。那个声音离他很近，简直就像是趴在他耳边说话。过了好一会儿，他才意识到这个声音是从哪里传出来的。是从自行车棚里。他脑袋倚靠着的木板有点儿斜,与下面那块木板形成一道缝隙……木板与木板之间略微重叠,不仔细看,是看不出那道缝隙的。显然,约赫姆正在跟母亲说话。他能一字不落地听见他们的对话。

"我已经把这里翻了个遍。"约赫姆抱怨道,"它没在这儿。"

"你来这儿玩过吗?"母亲问。

"玩过的。就一小会儿。"

"你去过约斯特家吗?"(约斯特是约赫姆的好朋友,就住在他们家隔壁。)

"不记得了。昨天吧,好像是。"

"嗯,说不定你的外套在那儿呢。我们这就去问问吧。"

他们的说话声渐行渐远。小憩过后的米歇尔依然睡眼惺忪。突然,他仿佛被雷劈中一般,浑身僵直,只有眼睛越瞪越大。那个声音……自行车棚里的说话声……真相展现在他面前,那么清晰,那么真切,没有给他留下任何疑惑的空间。他咬住脸颊内侧的腮肉,以此抵挡住席卷而来的全身瘫软。接着,他一跃而起,奔向他

229

的自行车，飞身上座，全力以赴地蹬动自行车。一定要赶上才好！千万要赶上啊！他顾不上嘎嘎作响的轱辘，飞速地在大马路上穿行，险些撞倒一位推着婴儿车的老太太，躲过了科宁的粪车，冲进坝田路。他来不及小心翼翼，也来不及留意有没有被人发现。前面就是繁稠森林。他们还在那里吗？他的大脑转得飞快，思路清晰得就像是他曾经在电影里见过这一幕一般。他知道自己该怎么做了。当他骑到弯道口时，全速左拐，拐进森林小道。在那里，他差点儿跟本叔叔和杰克撞个满怀。

"米歇尔，发生什么事情了？"本叔叔惊慌地喊叫起来。

米歇尔从自行车上一跃而下，伸手一把抓住杰克的胳膊。

"杰克，你有没有带手枪？"

"带了，怎么了？"

"赶快给我。"

杰克惊讶地从外套底下掏出手枪。米歇尔匆忙从他手里一把夺过，然后按照之前杰克在洞穴里教他的那样打开保险，将枪口对准了本叔叔。

"举起手来！"他厉声喊道。

"这是怎么回事？"本叔叔不解地说。就连杰克也用鼻子发出惊讶的声响。

"这个人是叛徒。"米歇尔喘着粗气，"他出卖了迪尔克、男爵夫人，还有聋子贝尔图斯。这会儿，杰克，他想带你直接走进德国人的军营。"

"你疯了。"本叔叔说。

"那是之前。"米歇尔说，"现在，我不会再疯了。"

"要不然，我们先回到洞穴里去？"杰克提议说，"这里不太安全。把手枪交给我吧，我可是参加过连队里王牌手枪射击学习的。"

"你保证会看住他？"

"那是自然。"

杰克推了本叔叔一把，点头示意他往来时的方向走。幸好森林里除了他们再没有别人。

"我抗议。"本叔叔说，"我不应该受到这样的对待。米歇尔胡说八道。我参与了四年的地下抵抗运动。"

"也许吧,"米歇尔嘲讽道,"在自己人中间当了四年的叛徒,不知道牺牲了多少人。"

"别信他说的。"本叔叔对杰克说。杰克则用手枪顶着他,越走越快。

"如果在这个世界上我只能选择相信一个人,那么这个人就是米歇尔。"杰克说,"别啰唆,快走。"

当本叔叔不得不手脚并用地穿过树丛时,他的抗议变得愈发强烈。不过,那也没什么用。当他们来到洞穴跟前时,迪尔克大惊失色。

"看起来,我们找到出卖你的叛徒了。"杰克说,"给,交给你了,完好无损。"

他把手枪递给迪尔克。

"我从来没见过这个人。"本叔叔说。

"没错。"迪尔克迟疑了一下。

"的确是他出卖你的。"米歇尔低声咆哮。

"胡说。"本叔叔说。

"我们为什么不搜搜他的口袋呢?"米歇尔提议。

"好主意。"

本叔叔又一次强烈抗议,可是,三个年轻人并不搭理他。随后，证据一一显现：一张允许驾驶德国军用车辆的证件、一串德国当局的电话号码、一封德国朋友从汉诺威寄来的信，而至关重要的是一封党卫队的信，信上邀请尊敬的范·希尔登先生把英国飞行员带到位于芙朗克镇的德国军营去。

"他姓范·希尔登？"杰克饶有兴致地问道。

"本·范·希尔登。我所谓的叔叔。他是我父母交往多年的好朋友。我这辈子再也不会叫他一声叔叔了。"

"当然，问题在于，"迪尔克压低声音，恶狠狠地说道，"他这辈子还能活多久。"

本·范·希尔登先生用手背抹去额头上的汗珠。

"你们什么也证明不了。"他结结巴巴地说。

"噢，是吗？"迪尔克说，"这里的证据还不够吗？说说吧，米歇尔，你是怎么发现的？"

米歇尔说不出连贯的话来。疯狂的骑行、激动的心情，更有对于被所谓的叔叔出卖而感到的愤怒，对于对方如此愚弄自己的恼怒，这一切令他热血沸腾。

"是'抓狂木柴'……"他开口说道。

他试图梳理自己的思绪。

"我还以为我的荷兰语已经很不错了。"杰克说,"可是,我还从来没听说过'抓狂木柴'。"

"今天早上,我在自行车棚后面劈柴,"米歇尔娓娓道来,"那里有一个墩子,墩子上堆放着木柴。我们之前一直都在那里劈柴。突然,我听见有声音,听得一清二楚,却一个人也没有见到。原来是我的母亲和约赫姆在自行车棚里寻找约赫姆的外套什么的。我之所以能听得那么清楚,是因为木板之间有一道缝隙的缘故。突然,我想到了迪尔克来给我送信的那个早晨,我们正是在自行车棚里进行了交谈。就在同一天早晨更早一些时候,他(米歇尔伸手指了指本·范·希尔登)在我家烧掉了我母亲放在火炉边柜子上的木柴。那些木柴又细又干,是专供紧急状况使用的。它们就是所谓的'抓狂木柴'。我告诉他,必须重新劈一些。我还记得,我看见他拎着斧子出去了。他肯定跟我今天早上一样,坐在墩子上休息来着。就这样,他听到了迪尔克对我说的话。

"我们再来回忆一下迪尔克到底说了些什么。一开始,他告诉我,他们要去突袭拉戈彰德的集散中心,一行三人。于是迪尔克和他的朋友遭遇了埋伏，而德国佬儿偏偏知道还有第三个人。之后，迪尔克提到了聋子贝尔图斯的名字。万一出现什么状况，我必须把信交到贝尔图斯的手里。本·范·希尔登也听到了这个名字。可是，这还不够，他还想拿到那封信。但他不知道我把信藏在了棚子里。确切地说，是藏在了鸡窝里。"

本·范·希尔登不自觉地敲击起手指来。

"您一定没有想到吧？"米歇尔鄙夷地问道。随后，他继续刚才的话："晚上，他搜遍了我的房间，碰巧被我抓了个现行。他很淡定地说自己是想用我的英语词典查东西，查炸药用英语怎么说。他还不如说自己是想查一查叛徒用英语怎么说。"

"Traitor。"杰克十分配合地说道。

"嗬，"迪尔克说，"你的英语真不错啊。"

"要我继续说吗？"米歇尔问。

"请您别再这么玩手枪了。"本·范·希尔登说，"你知道，枪是会走火的。"

"你的提议倒也不错。"迪尔克阴沉着脸说，"可是，我倒是很想解放我的双手。我们还是把他绑起来吧。"

五分钟后,本·范·希尔登双手被绑在了身后,就连脚踝和膝盖上也绑上了绳子。接着,米歇尔便继续讲了起来。

"他没找到那封信,我断定,他一定是这样想的:等到明天天黑前再去突袭聋子贝尔图斯,到时候,我们就会轻松地拿到那封信。他必然是断定了我会立刻去送信的。现在,他肯定很想知道我为什么没有那样做吧?"

本·范·希尔登没有做出任何回应。

"因为我那一天遇到了各种倒霉事。"米歇尔继续说,"你们知道的,察夫特跟我一起骑车去见了科莱维赫议员,之后,我俩又撞见一次。可是,就算这样,察夫特也不可能知道贝尔图斯有份参与地下活动吧?所以,迪尔克,你说得没错,那只是巧合而已。"

"但是,他可是给德国人的抓捕汽车指过路啊。"迪尔克不由得踌躇了。

"也许是他们问他德利库斯曼路在哪里。那算不得什么秘密。他大可以告诉他们。再说,他也很有可能跟这些德国人是老朋友了。大家都这么说。可是，聋子贝尔图斯不可能是他出卖的。他根本就不知道。只有眼前这个人才知道。

"再说说关卡渡船的事情。就在我协助那两个犹太人渡河的那天晚上，他碰巧来了。那时候，他还不知道我父亲已经死了。他看上去那么沮丧，以至于我，为了让他高兴起来……"

"我的确很沮丧。"本·范·希尔登说，"我跟你父亲一直都很谈得来。"

"如果真是那样，您还不如把这话说给德国佬儿听呢。那是绝对能帮上忙的。"

"问题就在这里。"本·范·希尔登嘟囔道，"最让我沮丧的就是这件事。我忘记告诉军营指挥官：不许动镇长一根头发。"

"那么书记员、牧师和其他人呢，他们就无所谓了，对不对？"米歇尔目露凶光，"他们就可以死。书记员的妻子至今为止一直住在精神病院里，您知不知道？她永远也迈不过这道坎儿了。"

本·范·希尔登沉默了。

"行了。为了让他高兴起来,我把谨慎丢到一边,给他讲了男爵夫人是怎么把德国佬儿耍得团团转的。后来的事情,你们都知道了。第二天早晨,整件事被连锅端,而我却蠢到怀疑是察夫特捣的鬼。"

每个人都陷入了沉思。杰克推测自己逃往南方的计划肯定无法实现了。本·范·希尔登心急如焚地寻找办法想摆脱目前的不利处境。迪尔克盘算着怎么处置面前的这个叛徒。米歇尔冥思苦想,不明白面前这个人,这个他叫了很多年叔叔的人,这个他一直都很喜爱的人,怎么会耍出这么卑劣的手段。

"我已经想尽了办法,让你不受到任何牵连。"本·范·希尔登说。

"这也是我的线索之一。"米歇尔说,"有几次,我非常确定他们会来抓我。您到底是出于什么考虑才没有供出我呢?"

"因为我一直都很喜欢你。"

"小心点儿,米歇尔,"迪尔克说,"他在跟你打感情牌。"

"您为什么要那样做?"米歇尔问,"德国人给您钱吗？"

"没有。"本·范·希尔登回答，同时眼睛里流露出一种狂热的光芒，"我之所以这么做，是因为希特勒曾经说过，有些民族生来就是统治阶级，有些却生来就是被统治阶级。斯拉夫人之所以叫'斯拉夫*'，并不是毫无道理的。就连法国人、意大利人和西班牙人也统统都是懦夫。犹太人更低等，还不如赶尽杀绝。"

米歇尔的脑海中浮现出伊特扎克·克烈尔格卜美好、聪慧的面庞。

"英国人要不是那么颓废的话，倒是还能派上点儿用场。"本·范·希尔登继续说。

"谢谢您的评价。"杰克笑了笑。

"而最伟大的民族，也是真正的贵族，那便是德国人。他们身材修长、金发碧眼，拥有最好的工程师和科研人员，栽培出了最伟大的作曲家。而且，他们是战士。没有任何一支军队能像他们一样遵守纪律，一样……"

"闭嘴！"迪尔克突然说道，"这些泯灭人性的

---

* 译者注：一些西方人认为，斯拉夫一词有奴隶的意思。

话，我真是一刻也听不下去了。"

他抚摩着脸上那道从左耳到鼻子的伤疤。

"我们该怎么处置他？"杰克突然问道。

"我一直在考虑这个问题。"迪尔克说。

"说到底，只有一个办法。"杰克漫不经心地说。

迪尔克点了点头。

"米歇尔，你不会同意的。"本·范·希尔登喘着粗气。

"我不会同意什么？"

"任由他们……"

"你们想一枪打死他？"米歇尔轻声问道。

迪尔克耸了耸肩膀。

"你还有别的办法吗？"

洞穴里再次陷入沉寂。

"交给你了。"片刻过后，杰克说道，"你受到的伤害是最大的。"

"交给我了？拜托，你来搞定吧。你是职业军人。"

"不行。"杰克轻松地说，"在我的训练中没有包括这一项。"

"我们就不能把他移交给地下抵抗运动组织吗?"米歇尔提议,"由博思特玛老师决定怎么做。"听到这里,迪尔克不由得思考了一下。

"可是我们要怎么把他交给组织呢?我们怎么才能让组织相信,这家伙的确是个叛徒?让更多的人牵扯进来,不会给我们带来不必要的风险吗?"

他们最终也没有讨论出一个结果。杰克倒是提出,他们也该问问埃里卡的意见。于是,他们决定明天再说。至于本·范·希尔登嘛,尽管洞穴里的空间要装下三个大男人有点儿拥挤,但是他还是可以被绑住双手待在这里的。

"唉,"杰克说,"驾驶舱里的空间也不怎么大。不过要不是米歇尔骑得那么卖力,我现在会在什么地方呢?"

"明天见。"米歇尔说,"我去通知埃里卡。"

他匍匐着爬过云杉林,找到自行车,向家骑去。抛开苦楚不说,他多少还是松了一口气,毕竟困惑、谜团一一被解开了。他也终于明白了本·范·希尔登怎么那么快就搞来了杰克母亲的信。他肯定是告诉德国人不要给红十字会设置任何障碍了。这样一来，米歇尔被他的交际能力深深震撼了。嗬，也正是与杰克母亲之间极其快速的书信往来，增添了他对本叔叔的信任。

但米歇尔的脑海中还有一个问题在作怪。这个问题是关于绿十字会的那栋楼的。察夫特又是怎么知道那张字条是自己写的？他摇了摇头。无论怎么想，他都想不明白。

第十五章

第二天,他们再度回到藏身之所碰头。埃里卡也来了。当她听说本叔叔是叛徒时,大吃一惊,简直不敢相信。即便来到洞穴,她也一直回避着他的目光。

迪尔克经过了认真的思考,最后把自己的决定告诉其他人。

"我们的确应该把他交到博思特玛老师手里。"他说,"毕竟,他很有可能知道一些对于地下抵抗运动组织来说十分重要的情报。想要得到它们,就得让博思特玛老师设法撬开他的嘴。希望战争能尽快结束。那样,我们就可以把他移交给政府,由法官决定他应当得到什么样的处罚。我很愿意出庭指证他。"

迪尔克之所以做出这个决定,或许是因为他本人下不了狠心执行处决的缘故。杰克八成也做不到。米歇尔和埃里卡就更不用提了。

"行吗?"迪尔克问。

他环顾四周。每个人都在点头。

"我们怎么把他从这里弄出去呢?"米歇尔问。

"我建议,我来写一张字条,你负责把它交给博思特玛老师。"迪尔克说,"希望博思特玛老师知道可以把本·范·希尔登关在哪里。你再问问他,能不能到繁稠森林的边缘来接走这个俘虏。到时候,我带上枪,把俘虏从这里带到森林的边缘。"

"绝对不可能。"杰克说,"你的手抖得厉害,根本握不住枪。交给我吧。"

这一回,轮到迪尔克反对了。

"让博思特玛老师知道你的存在没有益处。可是,这件事必须由我们两个之中的一人完成。不到万不得已,我也不想让博思特玛老师知道藏身之所的确切位置。我信得过他。但是,知道这里的人还是越少越好。"

"可以交给我。"米歇尔说。

"你敢吗?"

"当然敢了!这有什么不敢的?"

"很好。就这么说定了。"

"万一我被德国人拦住,让他们搜出字条,我们就完蛋了。"米歇尔说,"还不如我空手去找博思特玛老师?"

"你可能理解不了。我会注意字条上的措辞,不认识我的人,就算看到字条也没用。"

大家都对这个提议表示赞同。迪尔克仅仅在字条上写了:经老白鸡确认,米·范·巴忠实可靠。这句话的意思自然是:经迪尔克·克诺伯确认,米歇尔·范·巴什克姆忠实可靠。

米歇尔在博思特玛老师的家里见到了他。当对方读完这张字条上的字后,又仔仔细细地上下打量了米歇尔一番。

"你知道谁是老白鸡吗?"

米歇尔点了点头。

"他被监禁了吗?"

"他逃出来了。"

"谢天谢地。"博思特玛老师说,"他现在在什么地方?"

米歇尔两眼直勾勾地盯着博思特玛老师,一句话也不说。

"好吧。我能为你做些什么?"

米歇尔于是给他讲述了叛徒的事。

"我们想要把他交给您处理。"他说完了。博思特玛老师经过一番思索,同意第二天晚上七点半到繁稠森林的边缘接走他们的俘虏。

"怎么接?走路?"米歇尔问。

"是的。"

"您就不担心他会钻进人群逃走吗?"

"七点半,天色该暗下来了。街上不会有很多人。况且,我用不着走大马路。我们所经过的最繁华的地方是原来的火车站路。那里不会有太多人。不过,风险还是有的。你敢跟我们一起走吗?那样的话,我们就可以一左一右制约住他。"

"我敢。"

"很好。明晚见。"

本·范·希尔登终于看见了一线脱身的希望,就在从云杉林到繁稠森林边缘的这一小段路上,他会和米歇尔单独相处。应该没问题的。

杰克跟他们一起爬到森林小道旁。随后,他把手枪交到米歇尔的手里。

"万一他要逃跑,别犹豫,直接开枪。"他说。

米歇尔尽可能平静地点了点头。他真的敢吗?他真的敢朝这个他信任了那么久的人开枪吗?

他让本·范·希尔登走在前面,跟自己保持两三米的距离,又把手枪藏进夹克衫里。他们才刚刚走出杰克的视线范围,本·范·希尔登就转过身来。

"我们真的要这副模样穿过森林吗?我们不是经常一起散步的吗?"他用责备的语气问道。

"往前走。"米歇尔低声咆哮。

可是,本·范·希尔登并没有往前走。他坐在一棵倒下的大树上。米歇尔掏出手枪,瞄准他的脑袋。

"我要开枪了。"米歇尔说。可是,他的声音里少了几分笃定。

"我不信。"本·范·希尔登说,"你不会朝我开枪的。我们那么久以来都是好朋友。坐到我旁边来,我们聊一聊。"

"我说了,站起来,往前走。"米歇尔的声音沙哑得厉害。

"听我说,米歇尔,你试着理解我。我相信,对整个世界以及我们自己的国家而言,德国人的民族社会主义制度都是最好的选择。这没什么不可以的吧?你不需要赞同我的想法,但是,总可以允许有人忠实地追随这种信念吧?我就是其中一个。那么,全力协助德国人将他们的制度推广到全世界难道不是我的职责吗?凭良心说,这不是我的职责吗?"

"不是。"米歇尔说,"凭良心说,谁也没有职责出卖自己的祖国和人民,谁也没有职责一枪打死威廉·斯朵普,谁也没有职责砸烂迪尔克·克诺伯的脚趾。"

本·范·希尔登的心中充满了胜利的喜悦。他让这个男孩说话了,让他开口辩驳了。这下,他绝对不敢开枪了。在米歇尔的眼里,他又成了有血有肉的人。

"在每一场战争中,都会发生可怕的事情。"他耐心解释,"我也不希望见到这样的事情,可是,它们不可避免地发生了。你以为苏联人和美国人都是热心肠吗?"

"他们是为正义而战。"米歇尔说,"可是,我不想跟您说话。站起来,往前走。"

"你觉得地下抵抗运动组织的那些家伙会怎么对付我?跟迪尔克经历的一模一样!他们会不停地折磨我,直到他们相信我已经供出了所有他们想知道的事情。之后,他们就会开枪打死我。"

"那也是您咎由自取。"米歇尔说。然而,他已经犹豫了。博思特玛老师真的会那样做吗?他无法想象……换个角度想想看,曾经的他能想象得到本叔叔是叛徒吗?

"现在,我要走进这条岔路。"本·范·希尔登平静地说,"你不会开枪的。你就说在森林里遇见了德国人的巡逻队一类的,我趁机逃跑了。我向你保证,你再也不会见到我了。"

他站起身来,缓缓地后退,走进岔路。与此同时,他的眼睛一直死死地盯着米歇尔。米歇尔握着手枪站在原地,一动不动。他真的会朝那张熟悉的面庞开枪吗?

他想起了父亲，想起了男爵夫人，想起了迪尔克，想起了燕妮欣。对这些人来说，本·范·希尔登死不死又有什么关系呢？至于杰克……杰克一定会被抓走。本·范·希尔登知道了藏身之所的位置。埃里卡和自己也会被抓走、枪毙。他依旧一动不动。

至于他的母亲……他的母亲又会收到一封信，又或许是两封信装在同一个信封里。信上礼貌得体地通知她，她的女儿和她的儿子……她一定会咬紧牙关，把约赫姆送进地下抵抗运动组织。这个想法中最不可理喻的部分——让一个六岁的小男孩参加抵抗运动，瞬间扭转了一切。当母亲欲哭无泪的双眼浮现在他脑海中时，本看似友善的微笑变成了恶意的假笑。米歇尔大跨步上前，扣动扳机。子弹不知所踪，可是，这声枪响在夜晚的寂静中显得震耳欲聋。本·范·希尔登不假思索地举起双手。

"往前走。"米歇尔咬牙切齿，"否则，我会当机立断打死你。"

当机立断，这个词真不错。他在心里想，八成是从别人那里听来的。

叛徒明白，自己的脱身计划流产了，乖乖朝着米歇尔所指的方向走去。不一会儿，他们就见到了博思特玛老师。他听到枪声，心中一惊，赶忙向他们走来。

"他想逃来着。"米歇尔解释说。

博思特玛老师穿着一件雨衣，雨衣的口袋很大。他把手插在右边的口袋里，手里紧紧握着一把手枪。他身体紧挨着本·范·希尔登，用手枪的枪管隔着布料顶住对方的腰。

"我的习惯是先开枪，后警告。"他说。

米歇尔走在他从前一直称作叔叔的人的另一侧。他们仨谁也不说话。有两次，迎面走来认识的人，他们尽可能像往常一样和对方打招呼。没过多久，他们来到火车站路。刚到那里，他们顿时发现这条路有些不同寻常，似乎变了样。这是怎么一回事？

"弹药运输车。"博思特玛老师小声地说。

大树底下停着五辆弹药运输车，它们首尾相隔一百米左右，经过精心的伪装。车辆四周被牢牢围住，可是，车身上面的大字却显示得一清二楚。

"它们很危险吗？"米歇尔问。

"极其危险。只要一根点燃的香烟就能引发一场灾难。"

不一会儿,米歇尔听到远处传来低沉的轰鸣。

"我想,里努斯·德·拉特今天会到访。"他说。

博思特玛老师停下了脚步。

"你说得没错,是喷火式战斗机。非常危险。"

米歇尔觉得他有点儿夸大其词。自己都见过多少次英国战斗机"工作"了?那个声音以飞快的速度靠近。

"我们得隐蔽起来。"博思特玛老师说。米歇尔还没来得及做出反应,他已暴跳如雷:"你是听不懂吗?要是飞机朝那些弹药运输车丢出一颗炸弹,整个镇子都会灰飞烟灭。"

他一把把本·范·希尔登推进一个散兵坑里。

"给我老实点儿。"他低吼道,"我看着你呢。"

他自己跳进了下一个散兵坑,米歇尔则爬进了再下一个散兵坑里。

博思特玛老师扒着散兵坑的边缘监视本·范·希尔登。不一会儿,飞机就呼啸着来到他们头顶上空。他们蜷缩成一团,可是,外面并没有传来轰炸声。飞机飞走了。米歇尔想要从散兵坑里爬出去,可是博思特玛老师却示意他待着别动。

"它说不定还会回来。"他喊道。

不错,飞行员一定是发现了什么可疑的东西。他在镇子上空急转弯,再度飞到了火车站路的延长线上。这一次,它飞得更低了。当那个来势汹汹、令人生畏的声音靠近时,米歇尔和博思特玛老师又一次蜷缩成一团。本·范·希尔登却赶紧抓住这个机会,从散兵坑里一蹦而起,趁着押送者还没发现,左闪右躲地向前跑出二十来米。博思特玛老师想要开枪,可是,对可能误中弹药运输车的顾虑令他犹豫不决。其实,他大可以放心开枪。喷火式战斗机射出一束火焰,击中了其中一辆车。响声震耳欲聋,脚下的大地都快裂开了。米歇尔和博思特玛老师如同刺猬一般缩在散兵坑的坑底。人在万分危急的时候能缩成很小,小得简直难以置信。接着,两辆弹药车顷刻间灰飞烟灭。幸好它们是距离米歇尔和博思特玛老师最远的那两辆。地面上巨大的坑诉说着它们曾经的停留过。一棵大树倒在地上,挡住半条道。三栋房屋化为废墟。破坏十分严重。

等爆炸声逐渐消退后,米歇尔和博思特玛老师面如死灰地从散兵坑里爬上地面。本·范·希尔登已经化为乌有,消失得如此彻底,以至于想要找一些残躯安葬都很难。人们从四面八方拥来,冲进冒着浓烟的废墟,想要寻找生还者。米歇尔也想要加入他们的行列,可是,博思特玛老师却说:"我们必须离开这里。帮忙的人已经够多的了。"

"为什么?本·范·希尔登不是已经死了吗?"

"是我们的武器。万一德国人拦住我们,要求搜身,那我们就完蛋了。"

"噢,没错。"

他们分头行事。博思特玛老师回家,米歇尔把手枪送还给在藏身之所的杰克和迪尔克,顺便汇报刚才发生的事情。尽管还没从爆炸中回过神来,可是,他还是松了一口气。本·范·希尔登再也威胁不到他们了。只不过,他感到很累。这是危险和紧张感带来的疲惫,也是惊慌和责任心带来的疲惫。到底是什么时候,这场可怕的战争才会结束?

第十六章

五辆英国坦克驶入镇子。范·巴什克姆一家恰好在吃午饭。母亲最先瞧见了这些非比寻常的车辆。它们不像德国坦克那么笨重,相比之下,更敏捷,更优雅。每辆坦克的炮塔里都站着一个人。他们身着浅色夹克,上半身露在坦克外面,脑袋上的帽子俏皮地斜向一边。母亲一跃而起,大声尖叫。那是孩子们从没听到过的高亢。"是解放者!"

屋子里的人全都拥上街道。他们身披橙色丝带和红白蓝旗帜,爬上坦克车拥抱士兵们。所有的藏身之所重见天日,犹太人、潜逃的囚犯和藏匿的飞行员走到外面。大家能唱的唱,能跳的跳,能欢呼的欢呼。似乎整座镇子都见不到德国人的踪迹了。军营早已空无一人,就在前一天夜里,德国人卷起铺盖,跨过艾瑟尔河慌张地逃走了。

地下抵抗运动组织的成员来到地上，手臂上绑着橙色的袖箍，袖箍上写着"国武"，意为国内武装力量。战争以来他们长年累月地置身于危险之中，此刻显得疲惫而又谦卑。他们现在也只是做了当下必须要做的事，仅此而已。而眼看着战争即将结束，匆忙赶在前几个星期加入地下抵抗运动组织的人却高调张扬，招摇过市。他们逮来所有被怀疑曾经与德国人过从甚密的人，拿他们取乐。那些凡是曾经与德国士兵厮混的人，女孩被剃成光头，男人被绑在摩托车车把上，高举双手，在镇子上游街，最后被送进学校关押。有些人是罪有应得，可有些人却仅仅是出于害怕而向侵略者示好，并没出卖过任何人。就连察夫特也没能逃脱摩托车游街的命运。这真是大错特错了。原来，他的家里还藏着三个犹太人。很快，他就被人们心怀愧疚地放出来了。米歇尔上门探访他，向他当面致歉。

"你肯定以为是我把关卡渡船的事出卖给德国佬儿的，对不对？"察夫特说，"毕竟，当天早晨我们还聊到过渡船。"

"请您原谅我。"米歇尔不无羞愧地说，"您事无巨细地问到了一切。大家都说您跟德国人是一伙儿的，还有，还有……看上去，的确像是那么回事。"

察夫特点了点头。"早在1942年，那些犹太人就住进了我家。某一天，我发现德国人开始怀疑我了。出于安全的考虑，我故意表现出跟他们是好朋友的样子，最低限度地为他们效力，做着最无关紧要的事。不消说，我从没出卖过任何人。"

"您有没有给他们指明去聋子贝尔图斯家的路？"

"什么？没有啊。"

"燕妮欣听说，就在她丈夫被捕的那天，有人看见您跟德国抓捕队说悄悄话来着。"

"噢，你说的是这件事啊。只是因为认识我，所以他们找我问路。事实就是，他们问我，能不能告诉他们德利库斯曼路在哪儿。我当然给他们指了，就算我不说，他们也可以查地图。"

"那么您又怎么知道是我把那张字条丢进您家信箱的呢？"米歇尔问。

"是藏在我家的犹太人。为了防范万一，我们在大门旁凿了一个窥视孔。藏在我家的犹太人听见砾石发出吱吱嘎嘎的声音，就想看看是谁来了。通过他们的描述，我猜到那个人是你。我明白，关卡渡船的事让你对我产生了很大的疑心。"

"我明白了。"米歇尔说，"很抱歉我不明就里地怀疑您。只不过，您的好奇心也太重了。"

"我生性如此。"察夫特不好意思地笑了。

"您被大家抓走，一点儿也不生气吗？"

"唉，"察夫特说，"我只担心自己会从摩托车上掉下来，仅此而已。我知道一切都会好起来的。你知道是谁抓的我吗？"

"我知道。我看见你们从我面前经过。是德利斯·格罗滕多斯特，对不对？"

"没错，就是他。这几年里，格罗滕多斯特家在干草堆下藏了一辆摩托车。除此之外，他们还通过黑市赚了一大笔钱。我听说，他们要求用十二条战前水准的新床单换一磅黄油。"

"类似的事情在这片地区还真不多见。"米歇尔吃惊地说。

"没错。这里的农民大体上都是诚实和善良的。"

察夫特表示赞同，"但是格罗滕多斯特一家是例外。德利斯加入地下抵抗运动组织才仅仅二十一天。时间也太短了，甚至还没来得及知道我已经加入组织三年半了。算了……他骑摩托车的本领还不赖。"

"我却一直以为德利斯是咱们镇地下抵抗运动组织的中流砥柱呢。我真是大错特错啊。幸好一切都过去了。"米歇尔说。

"可不是嘛，"察夫特点了点头，"只不过……有多少人是真正的开心呢？三年来，躲藏在我家的那些犹太人第一次出门，走在阳光下。他们开心吗？一方面，是的，当然开心；而另一方面……他们是家里唯一的幸存者。想要重新开始，这可真是一个悲伤的开端。"

米歇尔想到了自己的父亲。

"你们也有着相似的经历。"察夫特说。

"是啊，对母亲来说尤为艰难。您还记得我送去关卡渡船的那两个农妇吗？那是一位名叫克烈尔格卜的先生和他的儿子。他们也从这场战争中幸存下来了。今天早晨，一个从登霍尔斯特来的人给我们捎了个信儿。可是，就连他们也……"

他说不下去了。

"根据推测,十二万五千个荷兰犹太人中死了十一万。"察夫特说。

"太可怕了。"

米歇尔回家了。尽管察夫特的话语十分沮丧,尽管母亲的眼里写满悲伤,可是,他的心底里还是滋生出一股喜悦之感。反正这些都已经过去了。希特勒失败了。枪击、杀戮和折磨都结束了。迪尔克回到了父母身边,一切平安无恙。杰克回归了自己的飞行中队,给埃里卡写来一封长长的、满是爱意和语法错误的信。船夫范·戴克在德国的某座集中营里死去,可是,聋子贝尔图斯却回到了燕妮欣身边。饥荒过去了,人们又能吃到诸如咸牛肉一类的美食了。盟军的生活放纵奢侈。他们身穿轻便的制服,让看惯了恶心、死板的德国军装的人们眼前一亮。他们跟姑娘们逗趣,大肆挥霍香烟和罐头,把小小的敞篷车开得飞快,还管它们叫吉普车。生活又多了几分色彩。人们时常接收到死讯,但是他们也听说了不少奇迹般从战争中存活下来的人。大城市里,有些人被饿死,但也有不少人减掉了多余的脂肪,或是通过减食治好了胃溃疡和肠道疾病。报纸重现市面，人们甚至可以在光天化日之下读报。这和非法报刊完全不是一回事，想当年，持有那些报刊是要付出生命代价的。此外，又能开派对了，人们尽情地跳啊，唱啊，舞啊，喊啊，不眠不休。他们要弥补过去五年的缺失。人们因为和平而喜悦，久违了的和平。

几个月过去了。日本的战争也结束了。美国伺机制造了两颗恐怖的、足以摧毁一切的炸弹——原子弹。广岛和长崎，这两座日本城市连带城里所有的男女老少都在顷刻间遭到了毁灭性的重创……日本投降了。千疮百孔的地球终于得以舔舐自己的伤口。

一天晚上，米歇尔和迪尔克一同在镇子上散步。他们走得很慢。迪尔克的右脚还打着石膏。医生把他的脚趾重新敲断、接好，这一次，治疗用上了麻药。如果手术的效果不错，那么还会接着处理他的左脚。迪尔克有希望在一年之内恢复正常行走。此时此刻，他只能拄着拐杖，一小步一小步地往前挪。

他们看见赫尔特·弗尔果伦正从远处向他们走来。赫尔特是一个二十五岁上下的小伙子，精力充沛。

"你看见赫尔特·弗尔果伦了吗?"迪尔克问。

"看见了。他怎么了?"

"他就是参与拉戈彰德集散中心突袭行动的第三个人。"

"就是没被你出卖的那个人?"米歇尔充满敬佩地问道。

迪尔克点了点头。

说话间,赫尔特已经走到他们面前。

"你好,赫尔特。"

"嘿,迪尔克。嘿,米歇尔。"

他停下脚步,打算跟他们聊聊天儿。

"你的脚怎么样了,迪尔克?"

"很不错。明年我一定会参加环芙朗克骑车比赛。"

"要不是因为我的缘故,你今年就能参加。"赫尔特说,"而且,你一定能赢。你不知道我有多么感激你,迪尔克。"

"挺好的。"迪尔克说,"我运气不好,你却运气很好。仅此而已。"

他的谦逊一如既往,于是,赶忙换了个话题:"对了,赫尔特,你的衬衫可真好看啊。"

"好看吧?这是我女朋友用降落伞绸做的。有一回,我发现了一具缠着英国降落伞的德国佬儿尸体。那个德国佬儿没什么用,你懂的。可是,降落伞却能派上用场。"

米歇尔张大了嘴,却发不出任何声音。迪尔克把手搭在他的胳膊上,仿佛在示意:"让我来说。"

他沉着地问道:"那是什么时候的事?"

"就在我们发动突袭行动前不久。行动失败之后,我立刻逃去了东北圩田。直到解放后,我才回到芙朗克。我回来的时候,那顶降落伞正乖乖地待在棚子里等我回家呢,降落伞上还摆着鸡饲料。"

"你知道吗……"迪尔克开口说道。可是,他把到嘴边的话又咽了回去。

"我知道什么?"

"唉,没什么。好了,我们该走了。晚安,赫尔特。"

"再会。"

当他们慢慢走到远处时,迪尔克满怀歉意地对米歇尔说:"说得再多也没什么意义了。"

"是啊,"米歇尔说,"没什么意义。唯独有一件事情是有意义的。"

"什么事?"

"再也不要为战争而战。要为阻止战争而战。"

"说得不错。"迪尔克说。

第十七章

许多年过去了。如今,米歇尔四十三岁。他读了许多报纸,从而知道,在他与迪尔克散步的那一晚过后,战争依然延续在印度尼西亚、南斯拉夫、匈牙利、朝鲜、越南、柬埔寨、刚果、阿尔及利亚、以色列、埃及、叙利亚、约旦、厄瓜多尔、多米尼克、古巴、洪都拉斯、莫桑比克、孟加拉国,还有其他许许多多的国家。

1972年1月于乌特勒支